BAN
DİYA

FLEURUS

Illustration de couverture : Manon Bucciarelli

Direction : Guillaume Arnaud, Guillaume Pô
Direction éditoriale : Sarah Malherbe
Édition : Claire Renaud, assistée de Margaux Manchon

Direction artistique : Élisabeth Hebert

Fabrication : Thierry Dubus, Audrey Bord

Site : www.fleuruseditions.com
ISBN : 978-2-2151-3892-1
Code MDS : 592 808

CATHERINE GRIVE

BANDIYA

LA FILLE QUI AVAIT SA MÈRE EN PRISON

FLEURUS

Drôle de mec, cette fille…

Lucky Luke

Chapitre 1

Le silence d'une station-service

Il y a des moments dans la vie où on aimerait pleurer. Et même où on *devrait* pleurer. Mais ça ne vient pas. Alors, je reste là debout, à regarder les voitures se garer, les conducteurs se dégourdir les jambes sur le parking. Finalement, je me décide à bouger. Mais pour faire quoi ? Du stop pour continuer ? Revenir en arrière ? Traverser la passerelle au cas où mon père penserait à faire demi-tour à la prochaine bretelle ? C'est ça, traverser la passerelle. À peine de l'autre côté de l'autoroute, je sens une tape sur mon épaule. Je me retourne, il n'y a personne. Je me tourne vers la droite et là, je vois monsieur Jacasse qui me sourit.

– La plus vieille blague du monde, mais elle marche toujours.

Mais est-ce vraiment lui, Jacques la Jacasse ? J'ai du mal à le reconnaître sans son uniforme.

– Qu'est-ce que tu fais là, ma crevette ? Tu n'es pas rentrée chez toi ?

Oui, c'est bien lui, ce débit rapide comme s'il avait trop de choses à dire dans une seule phrase, ce regard qui passe régulièrement de gauche à droite à gauche, semblant guetter un adversaire imaginaire.

– Coucou, Zoé. Tu m'entends ? Qu'est-ce que tu fais là ?

– Papa m'a oubliée.

– Comment ça « oubliée » ?

C'est mon explication en tout cas. Il ne peut pas l'avoir fait exprès.

– Je dormais à l'arrière, il s'est arrêté pour prendre de l'essence, il ne m'a pas vue aller faire pipi, il est reparti.

– Et tu ne l'as pas appelé ?

– Mon portable était resté dans la voiture.

– Mais pourquoi ?

– Je le prends rarement pour faire pipi. Pas vous ?

– Euh oui c'est vrai. Bon tu veux que je te ramène à Orléans ?

– Je veux bien, oui.

– Allez monte.

Sa voiture est impeccable. Pas le moindre grain de poussière, pas le plus petit papier de bonbon, rien ne traîne par terre. Ça doit lui faire du bien, tout ce propre, après sa journée de travail.

– Tu n'as pas cherché à fuguer au moins ?

– Mais non !

– D'accord, ne t'énerve pas.

Un silence passe.

– Je savais que ton père était distrait, mais à ce point-là quand même... remarque-t-il après quelques minutes, les sourcils froncés.

– Oh, ça peut arriver à tout le monde.

Enfin tout le monde peut-être pas, mais à papa, oui typiquement. C'est même étonnant que ça ne soit jamais arrivé avant.

– Ça peut arriver à tout le monde ? Mais ce n'est pas du tout une excuse ça ! Tu sais Zoé, c'est mon rôle de protéger les gens. Faut pas croire que je ne sers qu'à gueuler contre les détenus, les collègues, les gars de l'administration qui n'ont rien d'autre à foutre que de remplir des dossiers. Même si des fois, ça me chatouille, je ne dis pas. Payé à peine plus que le SMIC pour faire un métier qui n'est pas reconnu par la société. Et je ne te parle pas des insultes, du risque d'attraper des poux ou un poing dans la gueule. Tu veux un chewing-gum ? Tiens, ils sont là, prends ceux-là, ils ne piquent pas trop. Mâche bien. J'ai une tante qui est morte comme ça, en avalant un noyau de cerise. Tu vas me dire que ce n'est pas la même chose.

Je prends le chewing-gum qu'il me désigne.

– Merci, monsieur Jacasse.

– Monsieur Jacasse ? C'est qui ça ? Mon nom à moi, c'est Jacques Poitevin. Gardien de prison depuis vingt ans. Je peux te dire que j'en suis fier, même si le boulot a bien changé. Avant, on travaillait avec de véritables caïds. Ils en imposaient, je peux te dire. Ils ne s'attaquaient pas aux petites vieilles, ils ne touchaient pas à la drogue, ça jamais. Et puis, ils en avaient dans le pantalon. Je ne te choque pas quand je dis ça, hein ? Non parce que ça m'ennuierait même si je sais que les jeunes, avec la télé, ils ont tout vu, tout entendu, pas tout compris, voire rien du tout. Qu'est-ce que je disais déjà ? Ah oui, aujourd'hui, on a affaire à des petites frappes, des morveux, ou à des toxicos qui n'ont rien à faire chez nous, ou encore à des hommes d'affaires qui ont piqué dans la caisse. Oh que je ne les aime pas ceux-là ! Même derrière les barreaux, ils continuent à se prendre pour les rois du monde.

C'est drôle ça, quand on rencontre une personne bien connue dans un cadre inhabituel, on la regarde autrement. Par exemple, là, monsieur Jacasse est plus jeune que je pensais. Plus beau aussi, avec ses joues roses et son petit nez. Il a une femme ? Des enfants ? Sont-ils gênés en remplissant la fiche en début d'année ? Métier du père : gardien de prison. Peut-être qu'il ne leur a pas dit après tout. Enfin, c'est quand même difficile de cacher une chose pareille.

– Dis donc, c'est une sacrée chance que je sois passé par là. Ma journée n'était pas prévue comme ça, mais une vieille cousine m'a appelé hier soir pour m'inviter à déjeuner pour mon anniversaire. Je ne pouvais pas refuser, ce n'est pas si souvent qu'on me le fête. Elle est gentille, mais mon Dieu qu'elle est moche. On a beau dire, ça compte la beauté. Remarque, à quatre-vingt-cinq ans, on a fait son temps. En plus, elle s'appelle Ginette, ça n'arrange rien. Elle m'a invité à manger une choucroute aux Halles. Qu'est-ce qu'il a changé ce quartier ! Avant, tu n'as pas connu ça, c'était un marché immense, il y avait le pavillon pour la viande, celui pour le fromage, celui des légumes, et des fleurs… et plein de petits bistrots. Comme une ville dans la ville.

Soudain, il se tait. Le front plissé, la bouche un peu tordue, ça se voit qu'il réfléchit.

– Mais comment est-ce possible d'oublier quelqu'un qu'on aime ?

Bah, comme ça, en fait. On pense à un truc qui fait penser à un autre truc qui fait penser à un autre truc, qui fait que soudain on oublie tout ; ce n'est pas plus compliqué que ça, les distraits.

– Qu'on aime depuis toujours, en plus.

Je hausse les épaules. S'ensuit un long silence, un du genre que je n'aime pas. Être élevée par un père étourdi entraîne inévitablement des problèmes du genre chaussures dépareillées, trajets en métro avec le sac-poubelle toujours à la main, confusion de caddie au supermarché, rendez-vous oubliés, trains ratés, factures impayées, électricité coupée.

Pour gagner sa – notre – vie, mon père, avec mon grand-père qui vit avec nous, il a ouvert des Lavomatic, promené des chiens riches, peint des appartements vides, servi de chauffeur à de vieilles dames séniles, recyclé de vieux téléphones portables pour les expédier en Afrique, donné des cours d'auto-école, testé des déodorants pour les aisselles. Aujourd'hui, tous les deux, ils ne font plus que jouer au tiercé. Ils y consacrent toute leur énergie depuis qu'ils ont gagné en une seule fois plusieurs milliers d'euros. Leur vie se passe donc principalement à lire *Paris-Turf* et attendre que la chance se présente une nouvelle fois.

Vingt minutes plus tard, au niveau de la sortie pour Orléans, monsieur Jacasse se tourne vers moi.

– Tu vas chez ton oncle du coup ? Bonne idée. Sa teinturerie marche bien ? Elle s'appelle comment déjà ? Ah oui, Cath'mousse. Ce n'est pas évident de tenir un commerce de nos jours. Elle est écolo au moins ? Parce que ça, c'est le créneau qui marche. Les yaourts, la lessive, les couches pour bébés. Bientôt, on aura des cigarettes écolo. Tu ne fumes pas hein ? Ah je préfère ça.

Une manie chez lui de faire les questions et les réponses. Mais là, on peut dire que ça m'arrange sacrément.

– Je vais te déposer chez lui.

– Non, ça va, vous pouvez me laisser devant la mairie. J'irai à pied.

– C'est vrai, ça ne t'ennuie pas ? Je ne suis pas en avance. Je dois aller voir mon frère à l'hosto. Il s'est cassé la jambe au foot, ce con. Le tibia, crac, d'un coup.

– Au revoir monsieur Ja… monsieur.

Je descends, il a redémarré.

– Tu me promets bien que tu vas chez lui, hein ? lance-t-il de loin.

D'un geste de la main, je promets et je trace.

Chapitre 2

Un long moment de solitude

Il y a du vent, du soleil. Je commence à marcher au hasard. Le poste de police, le coiffeur aux perruques en vitrine, la pizzeria pas bonne, le cinéma Pathé où j'ai vu tous les *Star Wars*. Cette ville, je la connais par cœur. J'y viens toutes les deux semaines, depuis l'âge de deux ans.

En avançant comme ça, sans but, libre, je me sens bien. Grande. Genre vingt ans. L'âge auquel mes parents se sont rencontrés, juste à côté d'ici d'ailleurs. Papa a glissé sur les pavés avec sa mobylette juste devant maman qui sortait de la boulangerie Broussard. Je n'ai jamais pensé à leur demander d'où ils venaient chacun de leur côté, où ils allaient, mais ce que je sais, c'est que papa a éprouvé un véritable coup de foudre. Il a trouvé maman « sublime comme un tremblement de terre ». Il a tout de suite été prêt à tout pour la conquérir. Mais elle, elle avait d'autres rêves dans la vie. Nager avec les dauphins, gravir le mont Blanc, assister à une aurore boréale, sauter en parachute, braquer des bijouteries.

Un peu plus loin, ma silhouette se reflète dans la vitrine de Gilbert-Renaud, le magasin de chaussures. Avec mon jean-sweat-noir-baskets-blanches, ça se voit que je n'ai pas vingt ans. Ça se voit même à peine que j'en ai quatorze. À cause de mes taches de rousseur, de mes cheveux blond bébé, de ma poitrine plate, d'autres choses encore qui m'échappent, on me donne toujours genre deux-trois ans de moins, ce qui à mon âge est considérable.

Je fais un arrêt devant le kiosque à journaux de la place Gambetta. *Je veux customiser ma voiture.* Si j'en avais une de voiture, ça m'intéresserait ce genre d'article ? Et *Que valent les produits de beauté des grandes surfaces ?* ; *Le palmarès des meilleures assurances-vie* ; *Patrick Bruel, M Pokora, Francis Cabrel, quel look avaient-ils à leurs débuts ?* ;

Pourquoi certains enfants ont mal au cœur en voiture ? J'aimerais connaître la réponse un jour. Quand j'aurai vingt ans justement ?

J'ai envie de faire pipi. Le square n'est pas loin. Je remarque que le clochard est là. Parfois, il reste à l'entrée, assis sur le trottoir comme là, parfois il entre dans le square et s'approche du terrain de jeux. Un jour que je refaisais mes lacets, il était venu s'asseoir sur le banc, à côté de moi. Il avait sorti un sandwich de sa poche, l'avait regardé un long moment, puis l'y avait remis. Un peu gênée, juste pour dire quelque chose, je lui avais demandé son nom.

– Mon nom ? J'en ai eu un autrefois, mais je ne m'en souviens plus. Alors, appelle-moi comme tu veux, m'avait-il répondu.

– D'accord, monsieur Comme tu veux.

Il m'avait souri.

– Tu n'es pas bête toi, dis donc.

Je fais plus jeune que mon âge, mais j'ai quand même l'impression que des choses compliquées pour beaucoup sont simples pour moi, comme justement de parler à un clochard, de demander mon dossier scolaire à la secrétaire quand papa l'a une fois de plus perdu, faire des courses seule. Mais c'est vrai aussi que des choses simples pour beaucoup, comme de passer devant une bijouterie sans avoir le cœur qui bat, ou demander mon chemin à un policier, ne le sont pas pour moi.

En m'approchant, je vois que monsieur Comme tu veux est en meilleure forme que la dernière fois, mieux rasé en tout cas. Il me semble aussi qu'il a un peu grossi. Je m'approche de lui quand soudain une dame s'arrête et met un billet de cinq euros dans son béret, mais elle fait une chose horrible : prendre en échange toutes les petites pièces. Il la remercie quand même. On se fait un petit signe tous les deux et j'entre dans le square.

Ce square, c'est mon royaume. C'est ici que papa m'amenait petite, ma récompense après avoir rendu visite à maman et être repartie sans trop pleurer. Souvent, je le voyais s'assoupir sur le banc et, libérée de sa surveillance, c'était tout le jardin qui devenait mon fief. Je m'enfonçais dans les taillis, je débusquais les chats sauvages. Je n'imaginais pas qu'il pouvait y avoir d'autres univers dans le monde aussi merveilleux que ce jardin et la cellule de maman.

En voyant la dizaine de poussettes qui attendent devant les toilettes, je suis tentée de repartir, mais finalement cela me donne quelque chose à faire, d'attendre. D'autant plus que j'aime ça moi, voir les petits qui chougnent, courent partout, les mamans qui s'énervent ou qui au contraire continuent de discuter entre elles comme si de rien n'était, comme si leurs réserves de patience étaient inépuisables.

Finalement, c'est mon tour. Le miroir des toilettes me rend un air triste. J'ébouriffe ma frange, ça va mieux. En sortant de là, je vois le jardinier débroussailler une haie. Je le regarde remplir sa brouette, la vider sur un tas de choses mortes, retirer une mauvaise herbe, s'essuyer le front, consulter son portable, le ranger dans sa poche, vérifier qu'il a bien tiré la fermeture éclair, remplir une nouvelle brouette. Au bout d'un moment, il me remarque.

– Je te reconnais, tu venais souvent ici avec ton père autrefois. Je me trompe ?

– Non.

– Ben tu as sacrément grandi.

– Oui.

– Dis, tu pourrais me rendre un service ?

– Si je peux.

– Ce n'est pas compliqué. Il suffit de surveiller ma brouette pendant que je vais chercher un café. La dernière fois, des petits crétins se sont amusés à la piquer. Il a fallu que je fasse un rapport à mon supérieur, que la mairie vote un crédit pour en commander une autre, tu vois le bazar ?

Je hoche la tête.

– Merci, c'est gentil. Tu t'appelles comment ?

– Zoé Van Altone.

Il fronce les sourcils.

– Van Altone… Attends, ça me dit quelque chose ça. Altone, Altone. Altone comme les Daltone ?

– Oui.

– Ça alors, tu es une Daltone ?

– Oui.

– On parle bien de la mère et des deux filles Daltone ? Celles qui braquaient des bijouteries ?

– Oui.

Il fait un pas de recul pour mieux me jauger.

– Toi, tu es la petite-fille de Gun-Gun ?

– Oui.

– L'arrière-petite-fille de… comment elle s'appelait déjà ?

– Bob'.

– C'est ça Bob'. Celle qui volait des diamants de sang ? Des pierres vendues sous le manteau aux riches marchands d'armes pour financer les guerres civiles en Afrique, un trafic horrible.

– Oui.

– Ça alors… fait-il, admiratif. De sacrées bonnes femmes, les Daltone.

Un silence passe.

– Des qui en ont, si tu permets.

Je permettais. Question d'habitude.

Il attend une suite qui ne vient pas. Je sais qu'il aurait sans doute aimé que je lui raconte de ces anecdotes qu'on s'échange le soir de Noël, si ce n'est qu'avec moi c'est raté. Des Noëls en famille, je saisis le concept, mais sans plus. J'ai un père, un grand-père, un oncle, un cousin. Point barre. Alors oui, on se voit tous les ans à cette occasion, on ne raterait ça pour rien au monde, mais à part la dinde que papa oublie régulièrement de mettre dans le four, la bûche et les cadeaux qu'on ne s'offre pas car sans nos mères, leurs femmes, cela ne veut rien dire, rien ne nous différencie ce soir-là de beaucoup d'autres familles. Enfin si, une chose peut-être, je suis la seule fille à la table.

– Bon ben, à tout de suite, fait-il face à mon silence.

Je le regarde s'éloigner. Au bout de l'allée, il se retourne vers moi d'un air inquiet. Maintenant qu'il sait qui je suis, il hésite à me faire confiance. Il revient sur ses pas.

– En fait, je n'ai plus trop envie d'un café.

Ça tombe bien, je n'ai plus trop envie de la lui garder, sa brouette.

Chapitre 3

Courage, fuyons !

Je me remets en route. Boulevard Brune, mon sentiment de liberté commence à vaciller. Une heure plus tard, il s'est carrément fait la malle. Qu'est-ce que je fais là ? Où est-ce que je vais ? Pourquoi ? J'essaie d'attraper le regard des passants pour attirer leur attention. Qui va réaliser que ce n'est pas normal qu'une fille de mon âge marche seule dans la rue, en plein après-midi ? Personne. Car c'est normal qu'une fille de mon âge marche seule dans la rue. Je n'ai plus cinq ans.

Rue Jeanne-d'Arc, je me mets à avoir faim. Je fouille mes poches. À part un vieux kleenex, il n'y a rien, pas le plus petit quart d'euro. Devant l'épicerie, je repère une banane détachée de son régime. Un peu noire, molle, personne ne va avoir envie d'elle. Personne, sauf moi. Je devine déjà l'espèce de bouillie douce et sucrée qu'elle va faire dans ma bouche. Au moment où je tends la main, l'épicier sort. Je ravale mon geste et pars en courant.

Je ne reprends mon souffle que devant la Timbale, le café de la rue de la Bascule. Il y a foule à l'intérieur. De derrière la vitrine, j'aperçois un sucre tout seul sur le bar. Je vais repartir à l'assaut. Il le faut, je n'ai pas le choix. Je ne dois pas réfléchir, mais agir, le menton en avant, le geste sûr, la respiration calme. Allez, on y go. Le seuil. La porte. Ça y est, je suis à l'intérieur. Je vérifie discrètement qu'il n'y a pas de caméras de surveillance, genre une Wancam 398, des modèles hypra discrets conçus pour n'être remarqués que quand il est trop tard, et me concentre sur la poche d'une veste en velours noir d'un des clients, un tee-shirt en coton blanc sur un gros ventre, une ceinture en cuir. Quand j'arrive face au sucre, personne ne m'a remarquée. Et lui non plus, le sucre, si blanc, si pur, si brillant. Personne ne m'a remarquée. Il suffit de tendre la main, de le glisser dans ma poche. Mais au lieu de faire ça, je ressors. Merde, Zoé, merde, merde, merde, merde. Ce n'est quand même pas si compliqué, ça ne demande pas tant de courage que ça. Ça vaut combien, un sucre ? Rien. C'est si petit, si commun, que ça n'a même pas de prix. Et une banane pourrie qui va forcément partir le soir même à la poubelle ? À ce compte-là, comment vais-je réussir mon Grand Projet, mon casse à moi dont on parlera à la radio, à la télé, dans les journaux du monde entier ?

Je traverse la place du Martroi, fais un signe à Jeanne d'Arc, impériale sur son cheval, longe l'avenue Royale. Où aller maintenant ?

En fait, je le sais parfaitement.

Une demi-heure plus tard, j'ai tellement marché que j'ai mal aux pieds jusqu'aux cuisses. Je reprends mes esprits en écoutant le vent dans les branches du platane, l'arbre que maman ne voit pas de sa cellule, mais que je lui dessine à toutes les saisons pour qu'elle les voie passer.

J'attends que quelqu'un passe, quelqu'un que je pourrais connaître et qui irait à Paris en voiture ou me donnerait l'argent pour le train. Je n'ai pas envie d'aller chez mon oncle René pour entendre ses sermons sur la vie, la mort, ce qui se fait, ce qui ne se fait pas. Mis à part les soirs où il vient dîner et où, les bouteilles aidant, il se met à faire le foufou, il est sinistre. Il sait toujours tout sur tout. À l'entendre, il a escaladé le Kilimandjaro, travaillé pour les services secrets russes, été président de la Banque mondiale, le chirurgien esthétique de Michael Jackson. Je me demande s'il était déjà comme ça, quand ma tante était libre. Je me demande s'il lui en veut. Mon père et papy n'ont pas l'air d'en vouloir aux femmes de la famille en tout cas.

Le coup qui les a fait tomber a eu lieu un 23 septembre, à 9 heures du matin. Les flics, qui les pistaient depuis un bout de temps, leur sont tombés dessus.

C'est Gun-Gun qui a pris le plus cher : vingt ans. Elle a tiré sur un policier en prenant la fuite. Comme son surnom l'indique, c'est toujours elle qui tenait l'arme.

Après, c'est Alice. Je ne connais d'elle que des photos où elle apparaît le visage fermé, l'air de faire la gueule alors qu'à ce moment-là, elle était encore libre. Elle a pris une lourde peine, elle aussi : dix-neuf ans. Sans doute parce qu'elle a insulté l'avocat général à l'audience, mais surtout parce qu'elle a pris la fuite sur une moto, et qu'on a mis trois jours à la retrouver, cachée derrière un faux mur dans la cave de la teinturerie. Maman, elle, s'est rendue sans résister. Elle a pris dix-huit ans.

Je commence doucement à désespérer quand soudain je vois sortir maître Schouppe, un petit homme très rond pour ne pas dire gros, chauve du crâne et poilu des mains, qui parle fort, comme quelqu'un qui sait que ce qu'il va dire est très intelligent, ce qui n'est pas plus mal vu que c'est l'avocat de la famille. Il est le seul « baveux » qui a le droit de mettre les pieds chez nous. D'après papy, tous les autres ne pensent qu'à faire de l'argent sur le dos de leurs clients.

Je m'avance vers lui.

– Ben tu es là toi ?

– Oui, papa m'a oubliée sur l'autoroute, Jacasse m'a prise en voiture, je n'ai pas vu mon oncle, alors me voilà.

Il laisse passer un temps.

– Euh, tu peux refaire ta phrase ?

Je soupire intérieurement. Même à lui, il faut tout expliquer maintenant ?

– On rentrait après avoir vu maman. Papa s'est arrêté pour prendre de l'essence, je suis allée aux toilettes mais il ne m'a pas vue, quand je suis sortie, il était reparti, je suis allée voir de l'autre côté au cas où il serait revenu me chercher, je suis tombée sur Jacasse qui m'a ramenée dans sa Peugeot, et m'a déposée près de chez mon oncle René et… et voilà.

Je reprends mon souffle.

– Et ton oncle, il ne pouvait pas te déposer au train ou te ramener en voiture ?

– En fait, je ne suis pas allée le voir.

Il sort du fond de sa poche un grand mouchoir douteux dont il s'éponge le front.

– Non, mais quelle famille ! Ce n'est pas Dieu possible. Ton père est au courant au moins ?

– Ben non. Mon portable est resté dans la voiture.

– C'est malin.

– Malin ? Je prends rarement mon portable pour faire pipi.

– Oui bon, évidemment…

Il m'ouvre la portière, je monte, il monte à son tour et prend son vieux téléphone tout pourri.

– Hervé, c'est moi, Schouppe. J'ai ta gamine dans la voiture.

– …

– C'est bien le moment de t'inquiéter ! Mais oui elle va bien. Je l'ai récupérée devant la prison.

– …

– Ben oui bien sûr que je te la ramène !

Et il raccroche.

C'est drôle, sa voiture est l'exact opposé de celle de Jacasse, envahie comme ça de papiers froissés, d'enveloppes déchirées, de gobelets de café vides, et plus étrangement de notices d'appareils ménagers. Il doit avoir récemment déménagé, après tout je ne sais rien de sa vie.

Il démarre. J'allonge les jambes et commence à me détendre. En repassant devant la station Shell, il se tourne vers moi et me demande :

– Alors maintenant tu me dis la vérité, Zoé. Tu as fugué ?

– Mais non ! Papa m'a oubliée sur l'autoroute. C'est dingue ça quand même, que personne ne comprenne.

– Ça va, Zoé, calme-toi.

– Si, je m'énerve. Est-ce qu'on penserait à demander au Petit Poucet s'il a fugué ?

Ça, momentanément, ça lui coupe la chique à Schouppe. Très momentanément.

– Je suis avocat et comme tous les avocats, j'ai besoin de réponses claires. Alors je te repose la question : as-tu voulu fuguer ou pas, Zoé ?

– Eh bien qui sait, peut-être.

Je le laisse dans son doute et je me mets à bâiller. Quand je rouvre les yeux Schouppe me secoue l'épaule. On est arrivés.

Chapitre 4

Des excuses qui ne viennent pas

– Ah ça y est, ZO est là. On va enfin pouvoir passer à table, fait papa.

Je retire mon pull.

– Alors c'est Schouppe qui t'a ramenée d'Orléans ?

Je me laisse tomber sur ma chaise.

– Merci de m'avoir prévenu ! Je suis retourné te chercher là où j'avais pris de l'essence et tu n'y étais pas. Tu n'imagines pas le sang d'encre que je me suis fait.

– Qu'*on* s'est fait, précise papy en posant les lasagnes sur la table. Ton père a même pensé appeler les flics, c'est dire.

Toujours sans un mot, j'enfourne une bouchée, puis une deuxième en laissant la sauce tomate couler sur mon menton.

– Tu m'as entendu, Zoé ?

Je la fais suivre d'une troisième bouchée, d'une grande gorgée d'eau, d'une quatrième bouchée, d'une nouvelle grande gorgée. J'ai toujours aussi soif.

– Tu as entendu ton père ? fait papy.

Soudain, je me souviens qu'il reste un Coca dans le frigo. Je me lève, je descends toute la canette debout, appuyée contre la cuisinière. Je frissonne tellement c'est froid et bon. Je rote et je retourne m'asseoir. Je tends mon assiette à papy pour qu'il me resserve.

– Tu fais la tête ? fait papa.

– Je crois que oui, lui répond papy en me regardant par en dessous.

– Il n'y a pas de quoi, fait papa. Écoute ce que j'ai trouvé.

Il prend sa tablette posée sur la chaise à côté de lui et commence à lire.

– « Claudia a passé le début du voyage Paris-Clermont-Ferrand à dormir sur la banquette arrière. Elle s'est réveillée quand la voiture s'est arrêtée. Pendant que son mari faisait le plein, elle est partie acheter des biscuits. »

Il lève les yeux vers moi, marque un temps avant de reprendre sa lecture.

– « Précisons que le couple n'était pas seul. Leur fils de quatorze ans jouait sur son portable à l'avant de la voiture. Lui non plus n'a pas remarqué l'absence de sa mère. Walter et son fils ne l'ont réalisée qu'au bout d'une centaine de kilomètres. Entre temps, Claudia avait essayé d'appeler son mari, mais ça ne passait pas. »

Il boit une gorgée.

– « Un jeune marié allemand a oublié son épouse sur l'aire de repos de Limoges, dans le sens sud-nord, au retour de leur voyage de noces à Venise. »

– …

– « Un couple de touristes strasbourgeois s'est arrêté en pleine nuit, avant Béziers. Le mari est allé aux toilettes. Sa femme dormait dans la caravane. Il est reparti. Mais entre temps, sa femme était sortie pour se soulager, en petite tenue dans les buissons. Il ne l'avait pas vue. »

– …

– « Un motard a parcouru 120 kilomètres avant de se rendre compte que sa femme n'était plus derrière lui. Il a cru qu'elle était tombée. Il l'avait oubliée sur une aire d'autoroute vers Poitiers. »

– …

– « Un homme de soixante-trois ans a… »

– Ça va papa, j'ai saisi le message.

– Donc tu vois, ça arrive tous les jours ce genre d'histoire.

Et donc ? C'est une bonne raison pour l'avoir fait ? Ça l'excuse, peut-être ?

Papy hoche la tête sans un mot.

Papy a toujours été tranquille parmi les tranquilles. Il a grandi en Argentine. À seize ans, il a entendu dire que les plus belles femmes vivaient en Belgique et du coup, il est parti le soir même, sans un sou, parce que lui, ce qui l'intéressait dans la vie c'était les jolies femmes. Il est arrivé à Bruxelles un an plus tard, à l'âge de dix-sept ans, après un très long périple, à pied, en stop, à cheval, par bateau. Et une fois là-bas, il s'est rendu compte qu'il n'y avait pas plus de belles femmes que partout ailleurs, et qu'en plus, elles faisaient moins attention à lui que dans son pays. Ici pour être regardé, il fallait être riche et il ne l'était pas. Désespéré, il est allé sur le port d'Anvers pour prendre un bateau et rentrer chez lui. C'est là qu'il a croisé deux vagabonds qui lui ont dit :

– On va en Amérique, tu viens avec nous ?

– Et comment !

Ils ont pris un paquebot – pas celui qu'ils avaient l'intention de prendre, mais celui qu'ils ont enfin réussi à prendre, cachés dans la cale – qui les a menés non pas en Amérique, mais en Angleterre. Ils s'étaient trompés de bateau. Là-bas, le trio affamé a eu l'idée de ramasser des mégots et de confectionner des cigarettes neuves avec le tabac récupéré, pour aller les vendre sur le quai. Au bout de quelques mois, ce commerce leur a permis de prendre le bon bateau, et en deuxième classe s'il vous plaît. La seule chose que mon grand-père savait faire, vraiment bien faire, c'était danser le tango. Il en a parlé au commandant de bord, qui l'a engagé comme professeur. Et c'est comme ça qu'il a rencontré les plus belles femmes du monde comme Brigitte Bardot et… Brigitte Bardot. Et sur le Southampton-New York, ma grand-mère, Gun-Gun. Elle faisait une croisière avec sa mère, Bob'. En les voyant, mère et fille, moulées dans des robes couleur lever du soleil, il avait cru « assister à un incendie ».

Le vrai nom de Bob', c'était Beatrix, mais tout le monde l'appelait Bob', même ses enfants. Elle avait grandi en Hollande, parmi les tulipes et les goudas. Lire, compter, apprendre des poésies, ce n'était pas son truc. À vingt ans, elle s'était mariée à un bandit lillois qui mangeait un œuf dur tous les matins, coquille comprise, préférait regarder la télé plutôt que de bricoler, faire la sieste que de rendre ma grand-mère heureuse, et qui un jour s'est mis à préférer l'alcool à tout le reste.

Le rêve de Bob', c'était d'arrêter le commerce des diamants de sang. Elle suivait la trace des pierres jusqu'aux plus grandes joailleries du monde. Là, elle s'en emparait avant de les jeter dans la Seine à Paris. Des photos la montrent faisant ce geste insensé, deux photos un peu floues, dans *Le Figaro* et *L'Ouest-Éclair*. On la voit aussi serrant la main de chefs d'État, d'ambassadeurs, de chanteurs d'opéra, de pilotes d'avion, de chefs de cuisine étoilés. On n'arrivait jamais à la coincer, elle avait toujours un excellent alibi, mais tout le monde savait que c'était elle.

Mon assiette terminée, sans même prendre la peine de la débarrasser, je vais dans ma chambre. Je slalome jusqu'à mon lit. Les piles de livres menacent de s'écrouler au moindre faux pas. Des carnets sont ouverts un peu partout au hasard de mes idées. Une chaise en bois sert de vitrine d'exposition pour ma collection de coquillages, pierres étranges, roses des sables. Mon bureau est encombré de vêtements à trier. Toute notre maison est comme ça. Papa, papy et moi nettoyons et rangeons quand nous estimons qu'il n'y a rien de plus intéressant à faire, ce qui n'a pas été le cas plus aujourd'hui qu'hier, qu'avant-hier et les jours d'avant.

Je prends un livre, mais les lignes se chevauchent, alors je laisse tomber. Les deux samedis soir par mois, le jour où je rends visite à ma mère à la prison, il ne faut pas trop m'en demander.

Mais finalement, c'est quoi une prison ? Une prison, c'est un endroit où la société rejette les gens pour les punir. Un endroit où le soleil n'entre pas. Et pas seulement lui, mais aussi les papillons, l'odeur de gâteau du voisin, les rires des enfants, le silence.

Un endroit où la nuit non plus n'entre pas. Il y a toujours un maton qui fait sa ronde en agitant son trousseau de clés (là-bas, on appelle ça un ouvre-boîtes), un détenu qui ne trouve pas le sommeil, refaisant cent fois dans sa tête le moteur qui n'a pas démarré, l'arme qui n'a pas tiré, le code qui n'a pas marché, le mouchoir oublié sur la scène de crime, le geste qui l'a trahi et conduit ici.

Mais une prison, ça peut aussi être un endroit où vit ta mère. Une mère comme toutes les autres, qui est là à sa manière, te gronde quand il faut, te lit des histoires, te montre tes boutons comme si tu ne les avais pas déjà vus.

Un endroit où tu vas donc deux fois par mois.

On pourrait penser qu'on s'habitue et c'est vrai. L'attente devant la grande porte, les voix sévères, les odeurs pénibles, les bruits de clé, les peintures écaillées. Enfin, c'est vrai et ce n'est pas vrai. C'est vrai quand on y est, quand on le vit, quand on discute avec les gardiennes, les habitués, quand on prend place dans le parloir, et puis une fois de retour chez soi, le malaise monte. On se dit : « Mais quelle journée je viens de passer au lieu de retrouver une copine à Frites-frites, aller au cinéma, me chercher une nouvelle idée de coiffure ! »

C'est ça d'avoir une mère emprisonnée. Détenue, séquestrée, ou incarcérée si on préfère, même si ce dernier mot, moi je ne le dis pas. Il me fait penser à « encastrée ». Encastrée dans une voiture accidentée et dont on ne peut pas sortir. Encastrée dans un train dont les wagons se sont pliés en accordéon. « Séquestrée » non plus si j'y pense, ce n'est pas un mot que j'utilise. Ni « détenue » ni « écrouée » ni « emprisonnée ». D'ailleurs je n'en parle pas. Les proviseurs de mon école, de mon collège et maintenant de mon lycée sont au courant et j'imagine que les profs aussi du coup. C'est papa qui vient aux réunions, ça a toujours été comme ça. Quand les adultes qui ne sont pas au courant m'interrogent sur maman, pourquoi ils ne la voient jamais, mon visage doit exprimer quelque chose car ils n'insistent pas. Ils doivent se dire qu'elle est morte ou quelque chose du genre. Partie en retraite dans un couvent. En immersion chez les esquimaux.

Chapitre 5

Ma sortie de prison

J'avais deux ans quand je suis sortie de prison. À cet âge, la loi oblige les bébés à quitter leur mère pour aller vivre dans leur famille ou à la DDASS pour ceux qui n'en ont pas.

Je ne garde bien sûr aucun souvenir de cette période. Il paraît que j'ai fait mes premiers pas dans la cour, que j'ai vomi sur un ministre venu faire des promesses qu'il n'a pas tenues, que les femmes se battaient pour changer mes couches, donner mon biberon, me chanter des berceuses, me boucher les oreilles quand la grosse sonnerie retentissait, me cacher les yeux quand une dispute éclatait entre deux détenues. Je passais ma vie comme ça, de bras en bras, de petits surnoms en petits surnoms : Bandiya, Voyouse, Filoute, Pirate… Il paraît qu'on s'occupait si bien de moi que jamais personne ne m'a entendue pleurer.

Je ne me souviens de rien, mais quand je vois une cellule dans un film, cela réveille quelque chose de connu et de très flou au fond de moi. Quelque chose d'heureux. Quelque chose de *normal.* Et qui un jour s'est arrêté. Une assistante sociale est venue me chercher avec toutes mes affaires. Pour maman et pour toutes ces femmes qui étaient aussi mes mamans, le jour de mon départ a paraît-il été très dur. Heureusement, je ne me le rappelle pas. D'autant moins que je me suis longtemps soustraite aux situations désagréables en m'endormant d'un coup, parfois juste quelques secondes. Chez le médecin avant un vaccin, à l'école au moment de passer au tableau, chez le coiffeur quand il approchait ses ciseaux. C'est ce que j'avais dû faire ce jour-là.

Depuis, je vis avec mon père, Hervé, et Pablo, mon grand-père. Notre appartement à Montmartre n'est pas grand, mais j'y ai une chambre à moi, et c'est bien tout ce qui compte. Alors, le frigo peut faire du bruit, les machines à laver oublier d'être lancées, le four menacer de prendre feu, le repas n'être jamais prêt, je m'en fous. Il y a plus grave dans la vie, comme dit toujours papy.

S'il vit avec nous, c'est que sa femme, ma grand-mère, Gun-Gun (son vrai nom, c'est Jacquotte), est également en prison. Aux Baumettes, à Marseille. Elle tient le coup, elle est en bonne santé pour son âge.

Alice, la sœur de maman, est en prison à Châlons. Quand son mari – oncle René, celui qui tient la teinturerie Cath'mousse à Orléans – lui rend visite, il vient ensuite à la maison. Il reste dormir, et je repars avec lui le lendemain pour voir maman. Mais depuis quelque temps, le plus souvent, je prends le train Paris-Orléans et Orléans-Paris, toute seule. Papa, lui, y va tous les mercredis. Papy y va aussi parfois. C'est sa fille après tout, même si, à mon avis, question caractère, maman est plus la fille de Gun-Gun que la sienne.

Leur spécialité à Gun-Gun, Alice et ma mère, était de braquer les employés venant livrer des diamants bruts à des ateliers de joaillerie. Cela leur demandait un gros travail d'enquête au préalable, pour pister les pierres, suivre leur parcours, savoir quand, à quelle heure exacte elles arriveraient à l'atelier.

Je n'étais pas née à l'époque de leur hold-up alors je ne me suis jamais fait du souci comme eux, papy, papa et René qui attendaient leurs femmes à la maison, guettaient les trois sonneries de téléphone pour dire qu'elles étaient en vie, tout en priant, fumant, buvant. Ils étaient si nerveux qu'il arrivait que le verre dans leur main se brise et qu'il faille éponger le sang, ce qui leur permettait de penser à autre chose quelques minutes (c'est papy qui m'a raconté ça). Après leurs cambriolages, elles descendaient se cacher en Auvergne au col de Néronne, dans une grange. On ne pouvait y accéder qu'à pied, par un chemin escarpé. Papy, qui avait été cuisinier dans une autre de ses vies, prévoyait des conserves pour plusieurs semaines.

Un peu plus tard, quand on ne parlait plus d'elles dans les journaux, leurs trois maris allaient les retrouver. C'était paraît-il les plus beaux moments de leur vie. Tous les six, main dans la main, ils faisaient des longues marches au milieu des volcans définitivement endormis, là où le danger n'existait plus.

Très tôt, j'avais voulu connaître la vérité sur ce que c'était qu'une vie en prison, pouvoir les imaginer, maman, Alice, Gun-Gun, chacune dans un coin de la France. Savoir ce qu'elles vivaient.

Et les femmes en prison, c'est vraiment dur pour elles.

D'abord parce que, comme elles sont beaucoup moins nombreuses que les hommes, il y a moins de prisons (six dans toute la France), et que du coup elles sont souvent éloignées de leur famille. Et comme le train coûte cher, les visites sont moins fréquentes, plus fatigantes, plus tristes, plus nerveuses, moins bien quoi. Ensuite, contrairement aux hommes qui s'en foutent un peu plus, elles ne supportent pas d'être appelées par leur nom de famille, d'être tout le temps fouillées, de vivre dans la saleté, aussi. La première chose qu'elles demandent en arrivant, ce sont des produits pour nettoyer leur cellule.

Et après ? Le lendemain, le surlendemain, tous les jours d'après ?

Comme dit maman, chaque jour en prison ressemble à un jour de vacances : on n'a rien à faire, qu'à se laisser porter.

Tous les matins, vers 7 h 30, on vous apporte de l'eau chaude pour votre café-chicorée. Le dimanche, on a droit à du chocolat et de la confiture (en petite barquette comme à l'hôtel). Trois fois par semaine, c'est la douche.

À partir de 8 heures, c'est activités manuelles ou pour les plus chanceuses, direction la minuscule salle de sport. Mais pour la majorité d'entre elles, la seule occasion de se dégourdir les jambes, c'est la « promenade camembert » dans leur cellule. Treize pas de longueur et dix de largeur.

Certaines travaillent, soit pour acheter – en prison, on dit « cantiner » – des cigarettes, du chocolat, de la lessive, du papier, du shampoing, soit pour indemniser leurs victimes. Pour cela, elles confectionnent des paniers « spécial fête des Mères » pour Yves Rocher, par exemple, elles assemblent des stylos et des rasoirs pour Bic, elles fabriquent les échantillons que l'on trouve dans les magazines. Elles ne sont pas payées grand-chose.

Vers 11 h 30, le repas de midi arrive. Des pommes de terre (ou du riz ou des pâtes), de la viande qui baigne dans une sauce, le tout servi dans des barquettes en plastique. Maman essaye de manger le plus sainement possible en cantinant des fruits et des légumes, qu'elle adore.

C'est une chose qui me préoccupait beaucoup quand j'étais petite. Je demandais à mon père :

– Elle peut quand même manger ce qu'elle veut, maman, en prison ?

– Des petits pois. Du jambon. Des endives.

– Mais elle peut quand même manger ce qu'elle veut, maman, en prison ?

– Des pommes. De la purée. Des saucisses.

– Mais elle peut quand même manger ce qu'elle veut, maman ?

– Oui.

Et pendant des années, je l'ai cru, bêta que j'étais.

De 12 h 15 à 13 h 15, c'est la promenade dans la cour, et après de nouveau, les activités ou l'école pour celles qui profitent de leur passage en prison pour apprendre à lire et à écrire, passer leur brevet, leur bac, suivre une formation.

À 18 heures, le repas est servi. Jambon-coquillettes ou saucisses-purée le plus souvent. Et puis, c'est le début d'une longue, très longue soirée qui suit une longue, très longue journée.

Je ne sais pas pour les autres voleurs, mais elles, Gun-Gun, Alice et ma mère, braqueuses depuis trois générations, c'était clairement inscrit dans leurs gènes de faire ce qu'elles ont fait, et c'est donc inscrit dans les miens. C'est pour cela que je veux voler, je n'y échapperai pas. Je n'ai pas encore l'idée de quoi, quand, où, mais je vais trouver. Mais moi, je n'irai pas en prison.

Chapitre 6

Les escaliers de mon quartier

Mon quartier, dominé par le Sacré-Cœur au sommet de la butte Montmartre, n'est ni riche ni pauvre ni vieux ni jeune ni ancien ni moderne. Il est tout ça à la fois et c'est ce qui me plaît chez lui (le fait de n'en connaître aucun autre doit jouer aussi).

Pas loin de chez nous se trouve une rue commerçante fréquentée par des touristes montés en funiculaire, en quête du « vrai Paris », mais aussi par des gens d'ici, de « vrais gens » comme on dit. J'ai grandi ici, et si personne n'est au courant de mon histoire, je connais tout le monde et tout le monde me connaît. Il n'est donc pas question que j'opère mon casse ici.

Alors quel genre de magasin et dans quel quartier ? Voilà les deux questions qui m'assaillent chaque fois que je mets le nez dehors. Après bien des égarements – Cartier place Vendôme, la Fnac Montparnasse, un fourgon devant la Banque de France –, j'ai porté ma préférence sur une boutique plutôt petite, avec un seul vendeur et sans caméras.

Hier, l'idée m'est venue de passer de l'autre côté de la Butte. C'est donc pleine d'espoir que j'escalade et redescends ces grands escaliers typiques de Montmartre, habités par les chats. Arrivée sur l'autre versant, je remarque que ce quartier est plus triste que le nôtre, dépourvu de touristes, avec des petits commerces sans prétention, dont certains à voir la pauvreté de leurs devantures ne vont pas fort. Aucun ne m'inspire. Je décide de rentrer quand j'aperçois de loin une boutique en travaux. Je me rapproche, je regarde par la vitrine. Un peintre donne la dernière couche de blanc. Petitesse, discrétion, proximité d'escaliers par où je pourrai m'échapper si les affaires tournent mal, absence de caméras, ça commence bien. Je lis la pancarte collée sur la porte avec du scotch : « Ouverture le 14 ». Dans une semaine. Le jour de l'anniversaire de ma mère. C'est forcément un signe ! Enfin, j'ai trouvé. Ce qu'on y vendra, je m'en fous pas mal. Ce n'est qu'un galop d'essai avant mon grand casse du siècle.

Je remonte les marches deux par deux, et rue Foyatier, trois par trois, deux cent vingt-deux marches. Je ne suis pas mécontente de moi.

En chemin vers la maison, j'aperçois Ben, un voisin. On ne se donne jamais rendez-vous lui et moi, on se retrouve souvent place Dalida, juste comme ça, en voisins.

Je l'aime plutôt bien. Plutôt pas con pour un garçon. Pas compliqué. Peut-être parce qu'il ne cherche pas à plaire aux filles, ni à personne d'ailleurs. Il ne porte que des chemises, jamais de sweat. Ça peut paraître maigre comme qualité, mais il en faut du courage pour ne pas ressembler à tout le monde. J'ai des copines de classe qui se téléphonent si elles veulent mettre une jupe. Enfin des copines…

En m'approchant, je vois qu'il est en train d'examiner le marronnier sur la place, et plus précisément l'endroit où l'écorce boursouflée forme une sorte de terrier. Une occupation que je respecte. Moi-même, je peux rester des heures à guetter celui ou celle qui habite dans un trou de gazon, dans une niche entre deux pierres.

– C'est une marmotte ? je lui demande.

Ben fait semblant de sursauter. Lui aussi m'a aperçue de loin, mais il fait comme s'il ne m'avait pas vue.

– Je ne sais pas.

– Tu n'as aucune idée ?

– Non, pas encore.

– C'est peut-être un écureuil.

– Un écureuil à Paris ? Non, c'est plutôt un oiseau.

– Un merle ?

– Un merle, ça ne niche pas là-dedans. Plutôt une perruche évadée.

– Évadée de sa cage ?

– Oui, pas d'un cirque.

Il avance vers la cavité, passe la main à l'intérieur avec précaution.

– Ou alors, c'est un chat.

– Un chat ? Mais c’est bien trop petit.

– Un mulot ?

– Mouais.

– Un kangourou ?

On joue comme ça à « qui vit là », sans jamais tomber d’accord. Ça part dans tous les sens, mais là où on se rejoint, c’est que cet animal a besoin de se tenir à l’abri du monde quelques instants, pour se reposer ou faire le point.

– J’ai trouvé, rigole-t-il à un moment, une moufette !

– C’est quoi ça ?

– Tu n’as jamais vu Bambi ?

– Si sûrement.

– Ben alors tu connais Fleur, la meilleure amie de Bambi.

– La belette noire et blanche, avec un panache ?

– C’est ça. Eh bien c’est une moufette, une sorte de putois si tu préfères. Au fait, tu sais pourquoi ça s’appelle un putois ?

– Non.

– Parce qu'ils puent quand ils sont en colère.

– Et pourquoi ils sont en colère ?

– Je n'en sais rien, moi. Il y a mille raisons d'être en colère dans la vie. Moi par exemple, ma mère a quitté mon père l'année dernière, depuis je vis avec lui et sa nouvelle femme et le nouveau bébé. Alors des occasions d'être énervé, j'en vois pas mal. Pas toi ?

– Si, si.

Énervée contre moi-même, je me dis. Contre ce qui est une qualité chez les autres, et un défaut chez moi, l'honnêteté. L'honnêteté, c'est comme la couleur de mes cheveux, la forme de mon nombril, la taille de mes seins, le nom de mes parents, je n'y suis pour rien. C'est plus fort que moi. Chaque fois que j'ai essayé de voler, de mentir, c'est comme si je me heurtais à une frontière. Je peux y reposer le front, sentir l'air frais de l'autre côté et puis chaque fois, tête basse, je rebrousse chemin.

Comme quand, en maternelle, j'avais piqué un bonbon sur un marché et qu'une fois repartie, persuadée que tout le monde m'avait vue, j'étais retournée le poser sur l'étal.

Ou la fois en CP où j'avais attrapé trois billes en granit dans le bocal de la classe. J'avais essayé de jouer avec, mais elles roulaient mal sur mon tapis. Elles étaient molles un peu. Et le matin, en regardant mes mains, j'avais découvert des taches noires. J'avais beau frotter, les plaques ne partaient pas. Elles me brûlaient même. Papa m'avait amenée à l'hôpital. Je vois encore les regards contrariés du médecin et de papa penchés sur mes mains.

– Mais tu as touché à quoi, Bandiya ?

– Mais à rien !

– Tu nous jures ?

– Oui.

Le médecin, dubitatif, avait fait sortir papa de la salle d'examen et s'était agenouillé devant moi.

– Maintenant qu'on est tous les deux, tu peux me dire la vérité. Tu as touché à quoi ?

– Mais à rien, avais-je faiblement gémi.

Je préférais mourir que de dire la vérité.

– Je suis tenu au secret professionnel, tu sais.

– Je vous jure, monsieur le docteur.

J'avais serré les dents.

Il m'avait longuement observée, avant de se relever et de me prescrire une ordonnance pour une allergie « d'origine indéterminée ». J'avais attendu la mort les deux jours suivants, elle n'était pas venue.

Quant à mentir, je me suis chaque fois pris les pieds dans le tapis. Je ne sais plus ce que j'ai raconté et à qui, je mélange tout, je rougis, je me trahis.

On se quitte là-dessus Ben et moi, sur cette histoire de colère. De retour chez moi, je m'assieds un moment en Corse. Le tapis qui recouvre ma chambre est illustré d'une carte du monde. Petite, je goûtais en Australie, me reposais en Afrique, je lisais en Finlande, puis en Italie. Lire, lire, lire, je n'aurais pu faire que ça. J'aimais les histoires, malheureusement trop rares, de filles qui grandissaient abandonnées dans une forêt ou sur le parking d'un hypermarché.

Chapitre 7

Tu veux me faire un bisou ?

Cette année, mauvaise nouvelle, mon anniversaire tombe un dimanche, le jour où nous allons, papa, papy et moi, aux courses d'Auteuil. J'ai paraît-il la main heureuse, alors souvent, je les accompagne. Une fois la liste des chevaux dans la *Gazette des courses* étudiée par eux, scrutée, soupesée, c'est moi qui tranche entre leurs finalistes. Mon secret, c'est de les choisir en fonction de leur noms : « Émeraude étoilée », « Beau Diamant », « Déesse de cristal »… Ça marche, ça ne marche pas, ça dépend.

– Du coup, on ne fait rien pour mon anniversaire, j'observe morose, au petit déjeuner.

Ils se dépêchent de me rassurer. Bien sûr qu'on va le fêter mon anniversaire et pas qu'un peu. L'année dernière, ils m'ont offert un livre sur le pôle Nord que j'ai déjà et un jean qui ne me va pas, alors ils comptent bien se rattraper !

– Ah oui, qu'est-ce que vous avez prévu ? je demande, sans trop y croire.

– Disneyland.

– Disneyland !

Depuis le temps que j'en rêve ! (Oui je sais, à mon âge...) Ils critiquent tellement cette « pompe à fric », les files d'attente interminables, les employés interdits de cheveux longs et de tatouages, que je finissais par désespérer.

– Tu voudras faire quoi ?

– Euh, Space Mountain ?

– Et pas le train de la mine, la maison hantée, Peter Pan, Indiana Jones, les Pirates ?

– Mais comment vous connaissez tout ça, vous ?

– On s'est renseignés, qu'est-ce que tu crois ?

Je me lève pour les embrasser. Ah si je ne les avais pas ces deux-là !

Une heure plus tard, nous sommes partis. Enfin, une bonne heure plus tard. Papa a oublié son portefeuille. Il a voulu remonter, mais comme il a aussi laissé ses clés à l'intérieur, que papy et moi ne les avons pas non plus, nous devons attendre le retour de la gardienne partie au marché. Comme dit maman, un jour ton père oubliera de respirer. Je n'aime pas quand elle dit ça. Ça se veut drôle, mais ça ne l'est pas. Les seules personnes au monde qui ne respirent pas sur cette terre sont celles qui sont mortes.

Arrivés là-bas, il pleut des cordes. En attendant que ça se calme, Cendrillon nous sert des hot dogs et Mickey des Coca. Ça va pour nous. Un peu moins quand Tigrou entre et s'approche de moi.

– Tu veux me faire un bisou ?

– Non merci.

Ces décalages sur mon âge, j'ai beau en avoir l'habitude, ça m'agace. Même si à en croire certaines personnes, comme par hasard plutôt vieilles, ce serait une bonne nouvelle pour plus tard.

Nos voisins – des Japonais – mangent en silence. Leurs plats terminés, ils se lèvent dans un même élan et disparaissent dans la foule. Tout à coup, je remarque un appareil photo sous le siège à côté du mien. Ils l'ont oublié. Je suis la seule à pouvoir le voir – papa et papy sont concentrés sur les prochaines courses –, à pouvoir le prendre – mon sac à dos est à mes pieds, à moins de dix centimètres de l'appareil. Des Japonais en plus. Ils sont riches, les Japonais. En puis, c'est eux qui les fabriquent. Ma main se met à ressentir des petits courants électriques.

Soudain, alors que j'hésite toujours, il se produit une espèce de confusion autour de moi. Une famille, tous en cape de plastique jaune, vient prendre la place des Japonais. Un des enfants s'assied sur la chaise, sans remarquer l'appareil. Je tends la jambe, et du pied, je rapproche l'appareil de mon sac. Je me penche pour le prendre.

– Je n'y crois pas ! s'écrie soudain papa.

Mon sang se glace.

– Bandiya, je suis désolé. J'ai oublié ton gâteau.

Son quatre-quarts au citron, celui qu'il me fait à chacun de mes anniversaires. Le temps que j'articule que ce n'est pas grave, le Japonais me fait face, essoufflé, les cheveux trempés collés à son crâne, l'air inquiet. A-t-il oublié son appareil ici ? Ou alors avant dans le train fantôme ?

Et qui le lui tend ?

Et qui en est soulagée ?

Mais enfin ! Est-ce que je vais y arriver un jour ? Je sens mon visage se tendre, mes mâchoires se crisper.

– Ça va ? me demande papa. Tu n'as pas l'air bien.

– Si si.

J'essaye de leur faire mon plus beau sourire.

– Quand je pense que tu as déjà quatorze ans, soupire papa.

– Tu grandis, ma ZO, observe papy d'une voix grave.

– N'hésite pas si tu veux qu'on t'explique des choses que tu ne comprends pas, enchérit papa, l'air tout aussi lugubre.

– Sur la vie, tout ça.

– Même des questions bizarres, n'hésite pas.

– Promis, hein ?

S'ils croient que je ne les vois pas venir. Ils pensent peut-être que je vais leur demander comment on fait des bébés. Mais je promets. Ça a l'air de leur faire tellement plaisir.

Quand on sort du restaurant, le soleil est revenu. La suite est une succession d'images de lunettes en forme de cœur, de baguettes magiques, de chapeaux de pirates, d'enfants qui tirent leurs parents par la manche, de la tête de papa sous le charme de la fée Clochette quand elle lui tend son blouson qu'il a oublié sur le *Nautilus*, de la parade de Winnie l'ourson et tous ses amis, tout un *small world* en folie organisée qui fait qu'en arrivant devant Space Mountain j'ai déjà la tête qui tourne.

La file d'attente est très longue. On s'en doutait, mais quand même pas à ce point. Pour décourager ceux devant nous, papy remonte la file en faisant des blagues. Genre qu'on ferait mieux de se dire adieu tout de suite, que la mort n'est qu'un mauvais moment à passer, que les assurances ne marchent pas pour ce type de risques. Les gens rient à moitié, voire pas du tout, mais ils restent quand même. Papa et moi, on laisse papy faire. Quand on lui demande pourquoi les Jacobins ont trahi Robespierre, comment fabriquer de la soie artificielle, ce qu'est une césarienne, il est capable de répondre, mais si on lui demande de rester sérieux quand il a décidé du contraire, il n'y a plus personne.

Enfin, c'est notre tour. Une voix résonne dans le haut-parleur :

– 5… 4… 3… 2… 1… GO !

Je comprends tout de suite que ça ne va pas le faire. Je me cache le visage entre les genoux et je bloque ma respiration. Je peux sentir mon corps se soulever du siège et la ceinture me retenir très fort. J'attends que ça passe. C'est très long. À la sortie, je vais vomir mon hot dog dans une poubelle. Un garçon avec un tee-shirt de Batman aussi est malade. On rend à tour de rôle. À la fin, il dit à ses copains :

– On y retourne ?

Rien que d'imaginer, je vomis le dernier truc qui me reste de mon petit déjeuner.

– Mais tu as aimé quand même ? s'inquiète papy sur le trajet du retour.

Je le rassure, mais le cœur y est à moitié, comme chaque fois que je vis des moments forts, agréables ou pas agréables, et que je me demande si le jour arrivera où je pourrai les partager avec ma mère en direct et non pas en différé deux samedis par mois.

De retour à la maison, mon interrogation a évolué. Si je vomis dans Space Mountain, comment je vais tenir le coup le jour J ? Il faut que je me développe des nerfs d'acier. Prendre un serpent dans la main, par exemple. Faire cent pompes en souriant. Regarder un film d'horreur. Accoucher une vache. Quoi d'autre encore ?

J'en suis là de mes sombres interrogations quand papa entre dans ma chambre.

Il me tend un paquet.

– De la part de maman.

C'est comme ça chaque fois, papa me choisit un cadeau d'anniversaire de la part de maman. Je l'ouvre. Un pull jaune. Il m'arrive aux cuisses.

– Il te plaît ?

– Beaucoup.

Sous une veste, rentré dans un jean, il peut passer.

Papa me prend dans ses bras. Il sent le tabac, le café noir et l'eau de chèvrefeuille.

– Je voulais te dire…

– Oui ?

– Excuse-moi pour l'autoroute l'autre jour. Je m'en veux, tu sais. J'avais raté la bretelle et c'était trop tard pour revenir en arrière.

– Je te crois, mon papa, je fais avec sincérité.

Il me dévisage curieusement. Comme s'il attendait autre chose, une suite.

– Oui papa ?

Il ouvre la bouche et puis il se ravise quand je me serre contre lui.

– Non rien, ma Bandiya. On est bien comme ça, hein ?

– Oui, papa.

On sait bien qu'on le pense vraiment lui et moi, mais qu'on serait encore mieux tous les trois, maman, lui et moi.

Chapitre 8

Un coup de fil attendu

Le lendemain, quand à 8 heures le téléphone de la maison sonne, je sais que c'est elle, Sophia, une cousine de maman qui vit en Inde, à New Delhi. Enfin, une cousine « au sens très large ». Une amie plutôt. Ça, je l'avais compris à demi-mots comme beaucoup d'autres choses dans la vie, sans qu'elles soient vraiment formulées, juste insinuées par des silences, des regards, des bruits de gorge qui en disent long. J'en ai également appris pas mal en écoutant aux portes. Il me semble que c'est comme ça qu'on entend les choses les plus intéressantes. Les gens parlent mieux derrière les portes.

– Bon anniversaire mon trésor ! Je ne te réveille pas ?

J'entends derrière elle les sonnettes des rickshaws, les camions crachant des musiques indiennes, les aboiements des chiens.

– Non, je t'attendais.

Elle vit là-bas depuis plus de dix ans. Elle a suivi un homme, ils se sont aimés, ils se sont séparés, il est parti, elle est restée. Elle habite un vieux palais de maharadjah, un palais qui n'en a plus que le nom. Des murs lépreux, des fontaines asséchées, des mosaïques brisées, c'est tout ce qui reste du temps de sa splendeur. Elle a promis de m'emmener un jour là-bas. Je suis d'accord, mais seulement quand maman sera sortie de prison. Je ne veux pas m'éloigner d'elle. Les voyages, ce sera pour après.

– Tout va bien, ma chérie ?

– Oui.

– Tu es sûre ? Tu me dis bien la vérité ?

Sophia dit qu'en Inde les gens sont plus vrais que nous. Plus vivants. Qu'on ne sait pas vraiment ce qu'on cherche avant de l'avoir trouvé, qu'il suffit d'attendre. Elle réfléchit comme ça, depuis qu'elle vit là-bas.

Et ce n'est pas notre voisin de palier, Supun, un Sri Lankais, qui lui donnerait tort. Il passe ses journées devant les émissions de téléachat ou à cuisiner du curry. Quand on le croise, je vois dans ses yeux que lui ne se demande absolument pas, contrairement aux autres, pourquoi il n'y a pas de femme chez nous. Je comprends qu'il prend la vie comme elle vient, puisque de toute façon il n'a pas le choix.

– Mais oui, Sophia, tout va bien ! Tu viens bientôt nous voir ?

Quand elle nous rend visite, elle commence par me faire tourner sur moi-même, me scruter de haut en bas, de bas en haut, toucher mes cheveux, mes joues. Mais ce qu'elle mesure au fond, c'est « mon âme ». Je la laisse faire. Je ne peux rien lui refuser, elle est si belle. Les gens dans la rue se retournent sur elle, vêtue de ses saris aux couleurs merveilleuses, son front orné d'un bindi rouge, ses longs cheveux bruns qu'elle fait passer d'un côté à l'autre, dans un geste gracieux. Ses yeux maquillés de khôl lui donnent un regard profond, de ceux qui vous laissent penser qu'ils ont compris des choses sur vous.

– Tu viens bientôt ? je répète.

– Ça dépend.

– Ça dépend de quoi ?

– Du sens du vent.

Comme d'habitude, elle répond à ma question par une énigme, comme si elle ne pouvait jamais me donner la solution, mais seulement des indices, et qu'il n'appartient qu'à moi d'arriver à la vérité.

– Et toi Bandiya, tout va vraiment bien ? insiste-t-elle.

Elle se doute que je manigance quelque chose ? Que mon casse à venir se précise ? Plus j'y pense, plus cette boutique de l'autre côté de la Butte est la bonne.

Face à mon silence, elle préfère (et moi aussi, finalement) me raconter une nouvelle légende, mon cadeau à chacun de mes anniversaires.

Cette fois, il s'agit d'un jeune roi malheureux sans savoir pourquoi. C'est parce qu'il n'avait jamais rien perdu de sa vie, lui avait expliqué sa vieille nourrice, interrogée comme tout son entourage sur la raison possible à son chagrin. Il a regardé autour de lui, a choisi une bague qui lui venait de son père, qui la tenait de son père qui lui-même la tenait, etc., est allé sur la plus belle plage de son royaume, a attendu une vague, a lancé la bague. De retour chez lui, bien décidé à fêter l'événement, il a ordonné une fête, avec un gros poisson tout frais pêché au menu. À la première bouchée, il a senti quelque chose de dur sous sa dent. La bague.

Que conclure de cette histoire ? Il y a forcément une leçon à en tirer, mais je ne vois pas encore laquelle.

Sophia et moi raccrochons là-dessus et quelques minutes plus tard, je réalise qu'elle ne m'a pas demandé de nouvelles de maman. C'est donc qu'elle s'apprête à débarquer et préfère nous réserver la surprise. Je l'ai ma réponse. Ce n'est pas la peine de faire sa mystérieuse.

Je vais donc braquer la boutique de l'autre côté de la Butte, avant son arrivée. J'ai encore un peu de temps pour me préparer.

De retour dans ma chambre, j'enfile mon jogging bleu marine qui me donne un air sportif. Le soir, après les cours, avant de me mettre au boulot, j'ai une nouvelle règle : faire mes exercices. Vingt pompes, deux séries de ciseaux, le poirier une minute. Pour me motiver, j'entends la voix de maman. « Allez, ma chérie, je sais que tu peux le faire », « Tu es la meilleure », « Tu as ça en toi ».

Je viens de terminer, dégoulinante de sueur, quand papa entre dans ma chambre.

– Je peux te demander un service, Bandiya ?

– Aller acheter à manger, c'est ça ?

Il lève les sourcils.

– Comment tu as deviné ?

En allant me chercher un Coca, j'ai remarqué le frigo vide.

– Comme ça, je fais en désignant mon nez.

– Papy et moi avons oublié d'acheter du fromage pour le gratin de pâtes et il n'y a plus de pâtes. Tu veux bien aller en chercher ?

– C'est bon, j'y vais.

J'enfile mon blouson et pars au pas de course. Je vais en profiter pour retourner à la boutique, m'imprégner des lieux. Je gravis deux par deux les marches vers le Sacré-Cœur et passe de l'autre côté. Toujours en courant, je tourne dans la petite rue. La boutique est toujours là, mais en m'approchant, je vois que les travaux sont arrêtés. Sur le « Ouverture le 14 », « le 14 » a été barré et remplacé par « différée à une date ultérieure ». J'ai besoin de relire trois fois pour comprendre. Cette nouvelle est frustrante. Non, pire que ça, désespérante. Le genre de sensation que je connaissais petite, en quittant maman alors que j'avais été sage et voulais rester avec elle. Quelque chose qui m'est refusé alors que j'ai tout fait bien.

Je repars. Place Dalida, je sens poindre une douleur sur le côté gauche, un point de côté, mais je me force à continuer. J'ai décidé de ne pas m'arrêter jusqu'à mon immeuble. La douleur est insupportable quand j'arrive au niveau de la petite place. Ben est là, mais je continue. Il m'emboîte le pas.

– Tu es poursuivie ?

– Non pourquoi ?

– Ben on dirait.

Au bout de ma rue, il est déjà à bout de souffle. Il n'est pas né celui qui pourra me rattraper le jour du casse.

– Tu viens d'où comme ça ?

Je désigne le Sacré-Cœur.

– Tout là-haut ?

Je fais un geste pour dire que je viens d'encore plus loin, de l'autre côté.

– Tu t'entraînes pour les JO ?

J'aimerais lui sourire, mais je n'y parviens pas. Et de toute façon, je suis arrivée devant chez moi. Sans m'être arrêtée une seule fois. Au moins une chose de réussie.

Chapitre 9

Stéphane Bern derrière les barreaux

Quand oncle René et moi arrivons à la prison, une vingtaine de personnes sont agglutinées devant la porte. C'est qu'il ne s'agit pas d'être en retard, même de trois minutes. L'heure dépassée, il n'y a plus moyen de rentrer, il faut demander un nouveau droit de visite et c'est toute une galère qui commence.

J'attends, le nez en l'air. Le temps est loin où, quand je pensais à la prison, la même image me revenait, celle des bâtons que gravaient les prisonniers sur le mur de leur cellule. J'avais vu ça un jour en colo, en visitant un très ancien donjon à Crest dans la Drôme. On avait suivi un couloir sombre avec un escalier raide qui descendait vers les oubliettes. Une lumière sale pénétrait par une série de soupiraux. Ça sentait fort, un mélange de poussière, de boue, d'autre chose de plus indéfinissable, une puanteur. Le plafond bas empêchait de se tenir debout. Je n'arrivais pas à détacher les yeux du trou au milieu pour y faire ses besoins, des chaînes qui devaient broyer les chevilles des prisonniers. Peu à peu, il m'avait semblé voir apparaître des silhouettes accroupies, percevoir des voix râlant mon prénom. J'étais terrifiée, tétanisée. Les autres passaient devant moi en se moquant. Il avait fallu toute la gentillesse du mono, toute sa force de conviction pour me rappeler que les prisons, les juges, la société tout entière avaient beaucoup changé depuis le Moyen Âge.

Quand la porte s'ouvre enfin, nous sommes plus d'une cinquantaine à nous diriger à la queue leu leu vers l'accueil (ils appellent ça l'« abri-famille », à l'abri de quoi, je n'ai jamais compris) où nous présentons nos cartes d'identité. Puis nous déposons dans les consignes tous les objets interdits : téléphones portables, argent, ordinateurs, couteaux, ciseaux, et tout ce qui peut se fumer, se boire, se manger.

À part les livres, on n'a pas le droit de leur apporter grand-chose. Ça tombe bien, maman adore lire. Trois par semaine en moyenne. C'est Lucie qui lui a appris. Pas à lire, à s'échapper dans les mots, à y trouver des réponses à des questions qu'on ne savait pas se poser, du rire, de l'amour, de l'espoir, du jamais vécu, du déjà-vu qui fait qu'on se sent moins seul. À force, elle a gagné le droit de prendre à la bibliothèque tous les livres qu'elle veut quand elle veut, et pour cause : c'est elle la responsable. Parfois elle demande au directeur d'inviter des intervenants pour une séance de lecture, une rencontre avec un écrivain. Quand ça marche, quand enfin tout le monde est d'accord, dans et hors la prison, c'est un véritable événement. Même ceux qui ne lisent pas viennent. Aujourd'hui, je lui apporte un récit d'aventure. *Construire un feu* de Jack London. Je n'arrive pas à le terminer. C'est un livre très court pourtant, cinquante pages. Ça va, cinquante pages, je me dis chaque fois. En plus, c'est le genre d'histoire que j'adore, celle d'un gars qui marche dans la neige. C'est son premier hiver au Canada et il est surpris par l'intensité du froid. Il décide de faire un feu, mais il le rate. Il en refait un autre. Bizarrement, c'est vers là que ça bute toujours. Je n'arrive pas à tourner la page. Je m'endors avant ou j'ai un truc à faire. Autant le donner à maman.

Comme chaque fois, Edgar tente de passer du chocolat pour sa femme Lucie, et comme chaque fois, ça rate. C'est devenu une sorte de jeu avec les gardiennes, ça détend l'atmosphère.

Lucie et lui se sont mariés l'année dernière à la prison. Je ne sais pas ce qu'elle a fait, mais c'est du lourd. Elle a pris trente ans. Non, quarante. Je ne sais plus, à ce niveau-là, on ne compte plus trop.

Dix-huit ans comme a pris ma mère, c'est très long, mais ça peut se compter. Enfin *moi*, je peux compter. Elle je ne sais pas. Elle, elle dit que la pire des punitions, c'est d'être séparée de moi. Petite, ma dernière pensée avant de m'endormir était pour elle. J'imaginais qu'elle me faisait une place dans son lit et qu'on restait comme ça l'une contre l'autre. En grandissant, j'imaginais que nous habitions dans une ferme, mais une ferme de girafes comme dans un de mes albums, des girafes qui pouvaient passer le cou par les fenêtres, les lucarnes sur le toit, les portes, à qui aucune ouverture ne résistait.

Quarante ans de prison, comme Lucie, c'est toute une vie foutue, mais ce que je vois, c'est qu'Edgar ne se plaint jamais alors qu'il est au chômage et élève seul leurs jumeaux de quatre ans, et que jamais, à moins d'une grâce présidentielle, cette famille ne fêtera Noël ensemble.

Sandra non plus ne se plaint pas et pourtant, elle aurait le droit. Elle est grosse, elle marche difficilement, elle ne sent pas très bon. Elle, c'est sa fille de dix-huit ans qu'elle vient voir, qui a piqué dans la caisse du magasin de chaussures où elle travaillait. Trois ans, elle a pris.

Leurs visages à Edgar, Sandra, et avant eux Tara qui nous chantait des chants berbères, Adrien qui m'a appris des tours de magie, n'affichent pas ces ombres que je vois parfois chez certains, ces ombres qui sont celles de la fatigue, mais qui pourraient bien aussi être celles de la honte. La honte d'avoir dans sa vie quelqu'un qui s'est mal conduit, n'a pas réfléchi aux conséquences de ses actes. Qui a sacrément merdé. Au contraire, ils pardonnent à ceux qui les ont pourtant trahis, comptent avec eux les jours, les mois, les années qu'il leur reste à tirer.

En attendant le parloir, je m'inscris à la borne pour la prochaine visite, dans deux semaines. J'aide Sandra qui a du mal à taper sur les touches avec ses gros doigts et qui, surtout, préfère regarder la télé accrochée en hauteur. Stéphane Bern enfile un collant anticellulite, ça la fait beaucoup rire.

Monsieur Jacasse arrive. Il m'adresse un petit clin d'œil avant d'engueuler Hubert qui insulte la machine à café alors qu'il suffit d'attendre que le gobelet tombe. Je l'écoute rappeler le règlement, s'assurer que ceux qui ne parlent pas correctement français ont bien compris.

Pendant ce temps, mon oncle René, assis sur un banc, pris d'ennui, se frappe la cuisse avec son journal. Ça m'agace un peu, mais je ne dis rien. Je suis mineure, je dois forcément venir ici accompagnée d'un adulte. Mais bon ça va avec lui. Il embrasse maman et il se met à l'écart pour lire *L'Équipe*, en nous laissant tranquilles. Quand c'est maître Schouppe qui m'accompagne, c'est bien aussi. Il m'a été désigné « parrain d'office » à ma naissance, par mes parents. Malheureusement, il a de moins en moins le temps de venir, ses dossiers sont de plus en plus lourds et nombreux et tordus. Mais il passe quand même régulièrement à la maison pour boire des coups, refaire le monde.

Enfin, Jacasse donne le signal. Ici les parloirs sont de petits box avec une porte vitrée de chaque côté pour que les surveillants puissent garder un œil depuis le couloir. J'ai de la chance. Dans d'autres prisons, on est obligés de se voir dans une vaste salle séparée en deux par une vitre, les prisonniers d'un côté et les visiteurs de l'autre, et de se parler dans un micro.

C'est Ingrid, la gardienne-stagiaire, qui m'accompagne. Elle est plutôt sympa. Elle se maquille un peu, elle retrousse les manches de son uniforme, des petites choses comme ça qui la rendent plus humaine.

Elle me désigne mon box. J'attends de nouveau. Dans une prison, tu passes ta vie à attendre. Ce n'est pas pour rien que ça s'appelle aussi « maison d'arrêt ». Le temps, le corps s'immobilisent.

Chapitre 10

La briseuse de barreaux

– C'est quoi ce pull ?

Une maman en prison, c'est une maman à qui rien n'échappe. Elle a à peine une heure pour savoir comment ça va, à l'école, à la maison, si on n'a pas le nez qui coule, un bouton sur le front, si on a embrassé un garçon, pas embrassé un garçon, deviner ce qu'on pourrait bien vouloir lui cacher.

– C'est papa qui me l'a offert de ta part.

– Ah oui, c'est vrai. Tu l'aimes ?

– Pas mal oui. Et toi surtout, tu l'aimes ?

Elle hésite.

– C'est à la mode, cette couleur ?

– Le moutarde ?

– Moutarde, tu dis ? Moi j'appelle ça plutôt… jaune caca.

Bon, message reçu, elle est de mauvaise humeur. Ça lui arrive parfois. Mais comme d'habitude, il ne faut pas longtemps pour qu'elle lâche ce qui ne va pas. Elle en a assez de Ghyslaine, sa nouvelle « coloc' ». Elle regarde des séries toute la journée, ses yeux sont vides, on dirait des plages désertes ou plutôt, attends ZO, oui c'est ça des ravins sans fond, et puis ses cheveux, si tu les voyais, blonds et filasses qui barrent son front bas, celui des butés, méfie-toi d'eux, méfie-toi des petits aussi, des teignes qui veulent toujours avoir raison, et des gens trop gentils, ça peut cacher du lourd, des comptes à régler. Je la laisse dire. C'est son quart d'heure de plainte, elle y a droit. Très tôt, on s'était mises d'accord là-dessus, elle et moi, ne pas faire croire à l'autre que nos vies, c'est le 14 juillet tous les jours.

Les fois où ni papa ni moi ne venons et qu'elle est comme ça, je sais que je peux compter sur son amie

Thérèse pour l'écouter. Elle a pris trente ans pour avoir tué son mari. Un sacré « front bas » lui, justement. Le problème, c'est qu'ils ont des enfants. Maman l'aide à constituer son dossier pour convaincre le juge qu'ils soient confiés à la grand-mère. Elles s'entendent bien, elles se soutiennent.

Maman pousse un long soupir, signe qu'on va enfin passer à autre chose.

– Sinon, j'ai appris que ton père avait encore fait des siennes. Il t'a oubliée sur l'autoroute.

– Qui te l'a dit ?

– Ben Jacasse, qui veux-tu d'autre ? Papa ne va pas s'en vanter. Non, mais c'est vraiment n'importe quoi !

– Ce n'est pas grave, maman.

Papa a beau être distrait, il n'est pas irresponsable. Je n'ai jamais mis les doigts dans une prise, joué avec un fer à repasser, fait un gargarisme avec de l'alcool à 90°.

Je n'ai pas eu besoin de lui pour faire des bêtises. À cinq ans, j'ai mordu dans un verre pour voir le goût que ça avait. Trois points de suture. Depuis on a pris l'habitude de me donner des gobelets en plastique, même le soir de Noël.

À sept ans, j'ai fugué à l'intérieur de l'hôpital Necker. On m'a retrouvée dans le lit d'une vieille dame, en train de lui lire une histoire. Il faut dire que je passais ma vie là-bas, pour une cheville cassée, un trou dans le crâne après avoir escaladé le muret du parc de jeux, une clôture à la campagne, une barrière au zoo. Je ne supportais pas les frontières, le dedans-dehors, la limite. D'ailleurs, ce n'est pas un hasard, le tout premier mot que j'ai su prononcer a été « au revoir ».

À dix ans, j'ai libéré les deux canaris de la gardienne, madame Rousse (qui était blonde pourtant). C'était trop tentant. Leur cage était posée sur le rebord de la fenêtre de la cour, juste à mon niveau. Il m'a suffi de lever le loquet et ils se sont envolés, comme s'ils n'attendaient que ça. D'ailleurs oui, ils n'attendaient que ça. Il avait fallu lui en racheter, quai de la Mégisserie, que je les paye avec mon argent de Noël, mais à entendre madame Rousse, ils ne chantaient pas aussi juste que les autres.

À douze ans, je me suis amusée à dégonder *toutes* les portes de placards, d'armoires. Ça a pris des heures à papa et papy pour les remettre. J'ai recommencé le jour d'après et le suivant aussi. Finalement, ils ont renoncé et les ont descendues à la cave.

Qu'as-tu appris ? me demandait Schouppe après chacune de mes bêtises. Je n'avais pas les mots à ce moment-là, mais maintenant, je dirais qu'on ne retient que les échecs, les erreurs de parcours. Personne n'est là pour compter le nombre de fois où on a traversé au vert sans se faire écraser. C'est injuste.

– Pas grave ? ! Tu veux que je te dise Bandiya ce qui aurait pu t'arriver sur cette autoroute ?

– Ça va, maman.

– Pour commencer, te faire faucher par une voiture.

– Je t'arrête. Papa ne m'a pas oubliée sur l'autoroute même, mais sur le parking de la station-service, à deux pas de la civilisation.

– Te faire mordre par un chien errant.

– Maman, arrête de dramatiser.

– Te faire kidnapper par un routier qui transporterait de la drogue, pour fournir des proxénètes.

– Ça arrive même tout le temps des gens qu'on oublie sur les aires de repos ou les stations-essence, on ne le sait pas c'est tout.

– Pas croyable ! Je te les foutrais en tôle tous ceux-là.

– Ah ah.

Et là enfin, elle m'ouvre les bras.

– Viens-là, ma bichette.

En tournant légèrement mon visage, je vois ses cils par en dessous. Elle n'a pas besoin de mettre de mascara pour les avoir si longs. J'espère avoir les mêmes plus grande. Et si ce n'est pas le cas, j'espère savoir les maquiller. Ça me démange parfois d'essayer toute seule, d'acheter un mascara avec mon argent de poche. Enfin mon argent de poche, je dis ça comme si j'en avais. Papa et papy ont instauré cette non-règle : tu as besoin d'argent, tu demandes. Du coup, je ne demande pas. Je ne veux pas avoir à justifier de ce que je vais en faire, je veux être libre.

Et puis, pour le mascara, j'ai plutôt envie d'attendre que maman me montre elle-même devant un miroir, un joli miroir dans une jolie chambre d'une jolie maison. Une jolie maison à la campagne, entourée d'arbres, avec des écureuils et des araignées qui tissent leur toile. Une chambre avec un grand lit où on pourrait discuter, les yeux au plafond, tout se dire, rigoler. Se prendre la main et savoir qu'on la relâcherait seulement quand on en aurait besoin pour lever nos verres de jus d'orange par exemple ou se brosser les cheveux ou laver la vaisselle, pas du tout parce qu'un gardien nous dirait que c'est l'heure, parce qu'une sonnerie retentirait à vous en casser les oreilles.

Je reste contre elle, à respirer son odeur, à la sentir gratter ma petite bosse sur le crâne, une petite bosse qui était déjà là à ma naissance et qu'elle a aussi, l'endroit où nous cachons nos réserves d'amour, dit-elle, et comme chaque fois, il est une heure plus tard au bout de dix minutes.

– À samedi, maman !

– À samedi, ma Zozo.

Depuis le temps, je me suis habituée à l'image de sa nuque baissée quand elle retourne dans sa cellule. Je lui envoie plein de baisers et je pense : « Je ne peux pas te faire sortir de prison, mais ce que je peux faire, c'est te rendre fière de moi, maman. Je prépare un coup d'enfer, si tu savais… »

Et moi, si je savais… Hier, je suis repassée devant la boutique. La pancarte décollée gisait sur le carrelage, les pots de peinture avaient été débarrassés, les murs restaient à moitié peints. À l'évidence, il va me falloir trouver un autre endroit.

Chapitre 11

Une engueulade inattendue

Céline m'attend à notre rendez-vous habituel, sous le platane devant la prison.

Elle porte un minishort et un tee-shirt trop court avec écrit dessus « Liberty is my religion ». Un style un peu rebelle que je n'aime pas trop. Sinon, elle est plutôt jolie, sauf qu'on lui voit les gencives chaque fois qu'elle sourit, ce qui, heureusement en un sens, n'arrive pas souvent.

Je vois tout de suite qu'elle tire la tronche.

– Ça ne s'est pas bien passé ?

Son père ne veut pas lui parler. Pas plus à elle qu'à quiconque. Une équipe de bénévoles assiste à leurs rencontres pour essayer de trouver des sujets de conversation, détendre l'atmosphère, mais c'est difficile. Surtout depuis qu'Adrien n'est plus là.

Adrien, le crâne rasé, un tatouage sur le bras : « La prison, c'est la liberté » (oui, rien que ça), le sourire aux lèvres, était un super bénévole. Sa théorie c'était que, ici, personne n'est là pour te juger. Tu parles mal, tu écris mal, tu manges mal, on te prend comme tu es. Il existe peu d'endroits comme ça dans le monde, affirmait-il. Il vit aujourd'hui en Irlande pour y suivre une formation de jardinier. C'est lui, Adrien, qui nous a fait nous rencontrer, Céline et moi. Juste avant son départ, il était venu me voir pour me parler d'elle.

– Son père vient d'arriver. Ce n'est pas facile. Je crois qu'elle serait contente de te parler. Tu serais d'accord ?

Me souvenant de périodes confuses où j'aurais aimé parler à quelqu'un de mon âge, j'avais accepté. Mais quand je l'ai vue arriver, un furet (« Pout-Pout ») sur l'épaule, habillée tout en noir, en blouson de cuir et jupe en jean à volants, je dois dire que je l'ai regretté. J'étais tombée sur une rebelle genre paumée à qui je n'aurais très vite rien à dire. Et puis finalement, en la connaissant mieux, j'ai découvert qu'elle n'était ni si paumée ni si rebelle que ça. Qu'elle nous écoutait *vraiment* même en regardant ailleurs, quand Adrien et moi on lui disait des choses comme :

« C'est ton père, tu n'es pas obligée de l'aimer. »

« Juste te souvenir que tu n'en as qu'un. »

« Avec le temps, tout finit par s'arranger… »

Faut croire que ça a eu son effet, elle et son père ont réussi à se parler un peu plus.

Enfin visiblement pas ce jour-là.

J'insiste :

– Qu'est-ce qui s'est passé avec ton père ?

– Rien, de la merde.

On se met à marcher.

– Raconte.

– Non.

Elle fait une embardée pour shooter dans une canette au milieu de la rue.

– De la merde, je te dis.

Nous longeons le stade de foot. Avec le temps, j'ai fini par accepter les clôtures, les barrières, et je suis devenue une adepte du ciel. Les nuages, les changements de lumière, les traces des avions, le chemin des oiseaux. Leurs accidents de vol. Un jour, en colonie, j'avais ramassé une mésange blessée. Elle avait une aile cassée, le cou un peu de travers. On ne savait pas si elle s'en sortirait. Elle paraissait le vouloir, le lendemain, elle vivait encore, mais ne se nourrissait pas. À la fin du séjour, il m'avait fallu la quitter, rentrer à Paris. Le mono m'avait envoyé une carte postale quelque semaines plus tard : « La mésange va très bien. » La phrase, le mensonge deviné, m'ont poursuivie longtemps.

– Je n'y retournerai plus, grogne Céline. Ça pue. C'est moche, c'est sale. Il y a des bruits bizarres, des gens qui crient. Même après, quand tu es parti, tu y penses encore et pourtant tu n'as rien à en dire de la tôle.

« Tôle », « zonzon », ces mots je ne les aime pas. Ils semblent vouloir dire que la prison, ce n'est pas si grave, si désagréable, si dur d'y être.

Céline s'arrête de marcher, elle et son furet se tournent vers moi.

– Mon père, il vend de la drogue.

Je ne savais pas. Ce n'est pas une question que je pose, soit on me dit, soit on ne me dit pas. En général, on ne me dit pas. Comme moi, je ne dis pas. J'ai peur qu'on me regarde autrement.

– Et je crois qu'il continue à dealer en prison.

Ah merde.

En fin d'après-midi, je reprends mon train pour Paris. Mais à mon arrivée, au lieu de prendre le métro, je fais le trajet à pied. Gare d'Austerlitz-Montmartre. Une sacrée trotte. Ça revient à traverser Paris du sud au nord. Je veux prévenir papa, mais il ne décroche pas. Il doit encore avoir oublié son portable quelque part, je laisse un message sur son répondeur.

Il souffle un vent très doux. Je suis le trajet sur une appli. Je connais Orléans, je ne connais pas Paris. En dehors de mon quartier bien sûr.

Tout en avançant, bizarrement je pense à maman que j'ai quittée quelques heures plus tôt. Cela peut paraître horrible, mais ça arrive rarement dans la foulée d'une visite. J'évite même. Je me lave la mémoire en vivant ma vie. C'est seulement après que les souvenirs d'elle remontent.

Mais ce n'est pas le moment de réfléchir à cela. Je cherche une nouvelle boutique, puisque l'autre ne va pas rouvrir tout de suite, voire jamais. Une boutique avec un seul vendeur et sans caméras. Et des ruelles ou des escaliers à proximité par où m'échapper. Dix fois, je crois la trouver, mais vue de près, ça ne va jamais. Celle-ci s'avère immense, tout en longueur, avec une armée de vendeurs équipés d'oreillettes, qui attendent le client de pied ferme. Celle-là vend du fromage.

Quand j'arrive à la maison, il fait presque nuit. J'essuie mes pieds sur le paillasson, quand papa et papy ouvrent brusquement la porte. Oh non, pitié…

– Tu étais où ? !

– J'ai faim.

– Tu étais où ? ! répètent-ils.

– Je vous ai laissé un message. Je vous ai dit que je rentrais à pied.

– Où ça ?

– Par le pont, le quai de la Rapée, Bastille, Bréguet-Sa...

– Où ça, le message, Bandiya ?

– Sur ton portable.

Papy se tourne vers papa, l'air sévère. Celui-ci répond d'une moue.

– Tu ne sais pas où il est, c'est ça ? je demande, les sourcils froncés.

– Si. Je l'ai oublié à Auteuil. Ou à Carrefour. Enfin peut-être dans le métro.

– Je t'avais bien dit, Hervé, répète papy en boucle. Je t'avais bien dit...

Je fais celle qui en a ras le bol d'avoir un père distrait, j'exige des coquillettes sans trop de fromage. Mais ils ne bougent pas.

– Tu aurais dû essayer de joindre papy, me reproche papa d'une voix furieuse que je ne lui connais pas.

Quand j'étais petite, je ne mangeais pas ou presque pas. On me suppliait toujours de terminer mon assiette, papy, la dame de la cantine, les voisines qui me gardaient parfois. Jamais papa. Lui il ne m'ordonnait jamais rien. Il me disait simplement : « Mange ma bichette, mon étoile de mer, ma colombe, sinon… » et il levait le bras pour dire « attention à la fessée ». Mais je savais bien qu'il ne ferait jamais une chose pareille, et lui aussi. Alors je riais et je finissais mon assiette. Ou pas.

Alors je réponds :

– Oui, j'aurais dû, je suis désolée.

Et je me fais cuire mes coquillettes toute seule.

Chapitre 12

Mes copines, leurs mères

Je suis à Baudelaire depuis la sixième. J'y ai des amies, Clara, Jade et Marthe. J'ai eu du mal à m'en faire. Je n'étais jamais invitée aux goûters d'anniversaire, aux sorties au cinéma. Si je leur avais demandé à tous pourquoi, ils m'auraient répondu qu'ils ne savaient pas. Moi, si. Ils percevaient une différence chez moi, sans savoir quoi. Peut-être que si je leur avais dit la vérité de ma vie, ma mère en prison, et ma grand-mère et ma tante aussi, ils ne m'auraient pas jugée. Sûrement, d'ailleurs. Mais je serais devenue une personne à part, « exotique », et ça je ne voulais pas.

Et je ne le veux toujours pas. Je suis comme tout le monde. J'ai mon histoire, c'est tout. Tout le monde a son histoire. Alors je ne dis rien.

Et pas plus ce jour-là que les autres, quand Clara, Marthe et Jade se sont mises à parler de « la dernière » de leurs mères. Elles adorent s'épancher sur le sujet, comme si elles venaient de réaliser qui sont vraiment leurs génitrices. Il faut dire qu'elles sont tombées sur du lourd. Celle de Jade oblige tous ses enfants à défiler devant le frigo pour boire un Coca ou un jus de fruits lorsqu'elle les emmène déjeuner à l'extérieur parce que c'est trop cher au restaurant. Celle de Marthe traverse régulièrement des crises irrépressibles de propreté. C'est comme ça que Marthe a raté une fête chez sa cousine le week-end dernier, parce que sa mère l'a obligée à nettoyer tous les joints du carrelage de la salle de bains. Celle de Clara, fraîchement divorcée, joue à la jeune et lui emprunte ses fringues. Le résultat est paraît-il pathétique. « Et toi, ta mère ? » ont-elles fini par ne plus jamais me demander. Elles connaissent ma réponse : ma mère est belle, géniale, formidable, et j'arrête là.

Aujourd'hui, Joséphine, une nouvelle, se joint à nous. Elle s'habille mal. Quand je dis « mal », ce n'est pas « moche », chacun ses goûts, mais elle a toujours un truc de travers. Sa chemise n'est rentrée qu'à moitié dans son jean, son tee-shirt est maculé de taches, elle s'habille trop chaud, trop froid par rapport au temps qu'il fait.

Le visage crispé, elle commence à raconter que sa mère boit. Et que certains soirs elle frappe son père. C'est si grave qu'aucune de nous ne sait comment réagir. On garde les yeux fixés sur ses chaussettes.

– Mon rêve, c'est qu'elle ne soit pas là, dit-elle à la fin.

– Ne dis pas ça ! je m'écrie malgré moi. Tu ne sais pas ce que c'est.

Les regards se tournent vers moi. Je viens de me trahir.

Je m'entends tout leur raconter, que ma mère, je ne sais pas ce que c'est de vivre avec elle, m'endormir dans ses bras, l'entendre chanter, avec des paroles ou pas, que je suis née en prison, que j'ai appris à compter avec les cafards (là j'exagère). Que la normalité est pour moi le plus doux des rêves. Un père, une mère sous le même toit, des engueulades, des embrassades, des « Je n'ai pas envie de parler », des « Je pars faire une course, » des « Et moi, tu ne m'embrasses pas ? », des « Viens là chérie, tu as un cil sur la joue ». Et puis non.

– Laissez tomber.

Je m'en vais, les laissant avec leurs questions.

En rentrant chez moi, je sens dès le palier la bonne odeur des empanadas, un plat argentin de papy. Tous les 23 septembre, nous organisons un dîner à la maison avec mon oncle et son fils Xavier, pour célébrer non pas le jour de l'automne, la fin de l'été, mais le jour où notre vie a basculé. Quand à 9 heures du matin, Gun-Gun, maman et Alice ont attaqué un jeune mec en jean et baskets sales, un sac Carrefour fripé à la main (une ruse pour cacher qu'il contenait des diamants pour une somme qui se chiffre en millions). Une anti-fête en quelque sorte.

Mon oncle et Xavier arrivent en même temps. Mon oncle avec son air bougon et Xavier avec son air crispant de premier de la classe, toujours bien habillé, pas un cheveu qui dépasse. Il est comme ça, dans le propre, le tout lisse, le sans tache.

Lui et moi n'avons rien de commun. Moi je pense tout le temps à la prison, lui jamais. Sa mère, sa tante, sa grand-mère « en tôle », c'est une chose qui ne mérite pas qu'on s'y attarde, en mode « elles l'ont bien cherché, qu'elles assument maintenant ».

– Mais elle ne te manque pas trop ? je lui avais demandé quand il m'avait dit ça la première fois, prenant sur moi pour ne pas lui arracher les yeux.

– La question ne se pose pas en ces termes.

– Ah oui ? Lesquels alors ?

– Quand on n'a pas le choix, il s'agit d'accepter et de passer à autre chose.

Il avait quatre ans quand ça s'est passé. Peut-être a-t-il engrangé assez de souvenirs avec sa mère, reçu assez d'amour de sa part, pour ne pas souffrir de son absence ?

Enfin, le fait est qu'on n'a vraiment rien à se dire tous les deux. Même à dix-sept ans, il n'est pas du genre à sortir, picoler, faire la fête. Du genre à éclater de rire juste parce que le ciel est bleu, que la gardienne vous a souri, que le prof est absent ou que c'est le jour de votre anniversaire. Pas du genre à laisser du bordel dans ses tiroirs en se disant que ça peut attendre tant qu'on arrive à les ouvrir. Du genre à aimer se souvenir de ses rêves. Du genre à ressentir et à penser des choses horribles, au point de se choquer soi-même.

Du genre à écouter aux portes comme moi. Hier, j'ai surpris papy et papa discutant dans la cuisine.

– Ce n'est pas inquiétant qu'elle soit si sage, notre puce ? À son âge, j'en avais fait des conneries.

– Je n'en doute pas, Pablo, lui a répondu papa. Mais premièrement, ce n'est pas la même époque, et deuxièmement, les filles sont toujours plus raisonnables que les garçons.

– Tu as vu ça où toi que les femmes sont plus raisonnables, Hervé, tu peux me dire ?

– Euh oui, pas faux…

Je les ai devinés fronçant les sourcils au-dessus des casseroles.

– Mais quand même, Bandiya, elle ne serait pas un peu en retard ?

– En retard ? Mais sur quoi ?

De quoi parlaient-ils ? Ils ne savent pas que je n'ai toujours pas mes règles. Oui, à quatorze ans. Personne ne le sait. Sauf maman bien sûr. Il paraît qu'elles ne vont pas tarder, mais depuis le temps qu'elle me dit ça…

– Les garçons.

C'est vrai qu'ils ne m'intéressent pas. Même Jérôme. Toutes les filles de ma classe sont amoureuses de lui, et moi, absolument pas. Je ne comprends pas ce qu'elles peuvent lui trouver – il a des poils sur le torse et sent la transpiration – et encore moins ce qu'elles peuvent éprouver – l'envie de tomber dans les pommes quand il apparaît. Suis-je malformée de la tête ? Me manque-t-il une case essentielle à la reproduction de l'espèce humaine ? Vais-je finir ma vie vilaine et vieille ?

– T'inquiète, elle a bien le temps d'y penser.

– Oui enfin quand même, a bougonné papy. Moi à son âge…

Nous passons à table. Xavier examine ce qui est disposé devant lui – du pâté, des rillettes, du saucisson –, il me regarde me servir, attaquer mon assiette.

– Tu crois que c'est bon pour la santé de manger si gras ? Ça peut donner du cholestérol, tu sais. Et affecter la mémoire.

Un temps.

– C'était quoi ta question déjà ?

Il me regarde d'un drôle d'air, entre la pitié et l'effort de concentration dû au calcul mental d'une très longue division. Alors je le lui rends, son regard de pitié et de calcul de très longue division.

Je le connais très bien ce coup d'œil. Je l'ai déjà vu posé sur moi, et pas qu'une fois.

Chapitre 13

Tu as quel âge ?

Je l'ai toujours su, que j'étais un peu spéciale. C'est en CP que j'en ai confusément pris conscience. Je me collais au manteau des autres mamans à la sortie de l'école, pour voir l'effet que cela faisait. Souvent, sans bien comprendre pourquoi, d'instinct, elles m'offraient une part de goûter, une caresse sur la joue. Et puis cette manie que j'avais et qui s'amplifiait avec le temps, de sauter par-dessus les barrières, les barricades, cette haine des portes fermées.

Des psychologues de la prison avaient voulu me rencontrer ; pas moi. Je ne voulais surtout pas en parler. En parler aurait fait exister ma différence.

Depuis, je grandissais. À ma manière. Pas malheureuse du tout, choyée comme je l'étais par papa et papy. Avec eux, je jouais souvent à « Racontez-moi ».

Papa, lui, racontait mon arrivée.

– La nuit où tu es née, Bandiya, ta maman et moi t'avons regardée des heures. Tu ressemblais à un petit être venu des montagnes, avec ton bonnet blanc. On n'arrivait pas à se lasser de la vision de ton petit corps qui se soulevait à chaque inspiration. Mais comment avons-nous fait ? Qu'y a-t-il à l'intérieur ? on se demandait.

Il me racontait moi un peu plus grande, quand j'étais venue vivre avec lui.

– Tu étais très dégourdie, tu ne tenais pas en place. Ton regard se remplissait aussi vite de joie que de colère. Parfois tu faisais des crises, tu pleurais ou tu riais sans pouvoir t'arrêter. La seule chose pour te calmer était de te prendre dans nos bras, papy et moi, jusqu'à ce que ça passe. Cela arrivait souvent après que nous étions allés rendre visite à maman.

Et encore plus grande, quand j'étais entrée à l'école.

– Tu faisais des blagues. Tu nous dénouais les lacets sans qu'on s'en rende compte et on n'arrêtait pas de trébucher. Tu piquais…

– … des pièces dans ton porte-monnaie ?

Ce jour-là, il m'avait regardée, étonné.

– Non jamais. Tu piquais des oranges avec des clous de girofle.

Je n'étais donc pas plus malhonnête à l'époque qu'aujourd'hui.

Papy, lui, me racontait tout à fait autre chose. Comment en maternelle je m'agrippais si fort à la main de papa quand il me déposait à l'école, qu'il fallait me détacher les doigts un à un. Combien petite je prononçais mal mon nom en entier : Zoé Van Altone donnait « Ou-é-one », on ne me comprenait pas, on me faisait répéter, je faisais non de la tête. Comment j'étais restée en boucle pendant des semaines sur l'image de cette poule qui courait sans tête, aperçue à la télé. Et toutes les fois où je pleurais de ne pas arriver à me servir d'une clé pour ouvrir la porte ou une armoire et, cela je m'en souviens très bien, mon petit coffre rouge en métal dans lequel je rangeais mes trésors.

On est samedi, papa et papy viennent de partir aux courses. J'ai fini mon boulot. Je sors voir si Ben est sur la place. Il n'y est pas. Je m'approche du marronnier, je regarde dans le terrier. Là non plus, il n'y a personne.

Je pousse jusqu'à l'autre côté de la Butte. Comme je m'y attendais, la boutique est toujours fermée. Je remonte la rue et m'arrête devant un bouquiniste. Sur le trottoir est disposée une pile de *Nous deux* datés de 1959. Je me mets à les feuilleter. Des dames dans des cuisines ouvrent des fours, passent l'aspirateur, repassent des chemises, reprisent des chaussettes, caressent la tête d'enfants sages. Des rubriques donnent des conseils : soins corporels et du visage, recettes de cuisine (vol-au-vent, quenelles de brochet, canard à l'orange), astuces de grand-mère (blanchir les dents au bicarbonate de soude). Sur les deux dernières pages, après le programme des chaînes et les romans-photos, se lamente le courrier du cœur. J'écarquille les yeux devant tant de malheurs : qui est cocue alors qu'elle est enceinte de jumeaux, qui a perdu ses enfants dans un accident de voiture, qui est mariée à un type qui dilapide les économies du ménage au casino, qui ne connaît pas le père de son enfant, qui a un mari qui la rabaisse constamment.

J'ai toujours du mal à imaginer le couple que peuvent former mes parents. Comment ils se prouvent leur amour surtout, et s'ils peuvent le faire. Ce n'est que très récemment que j'ai compris à quoi servait cette file d'attente différente de la nôtre, où les hommes sont rasés de près, sentent bon, les chaussures bien cirées, alors que d'autres fois, ils sont avec nous, en jogging tout mou. C'est qu'ils vont retrouver leur femme quelques heures dans une UVF, une unité de vie familiale, des petits studios avec une table et un lit. Il arrive parfois qu'à la dernière minute ces UVF soient refusées et les hommes entrent alors dans des colères noires qui résonnent encore dans mes oreilles quand je retrouve maman.

– Tu as quel âge ?

Je sursaute. Le libraire se tient à la porte de sa boutique.

– Tu n'es pas un peu jeune pour lire ce genre de magazines ?

– Si.

– Tu as quel âge ?

– Quatre ans.

Il fronce les sourcils avant de me montrer le bout de la rue du doigt.

– Allez file !

Quand est-ce que je vais avoir un physique qui correspondra à mon âge réel ? Quand est-ce que je vais avoir mes règles, si jamais je les ai un jour ? Quand est-ce que je vais savoir voler ?

Ces questions en tête, je fais une pause dans le square derrière notre immeuble. Aussi petit soit-il, il possède tout de même un bassin où nagent des poissons « rouges » mais qui sont noirs et un puits à côté duquel pousse un aralia aux grandes feuilles vernissées, *mon* aralia. J'ai assisté à sa plantation. Plus qu'assisté même, le jardinier m'avait confié une pelle pour que je l'aide à creuser son trou. J'admire sa force, la rapidité à laquelle il grandit. Je m'allonge dessous pour mieux voir comme il a changé. Le ciel apparaît et disparaît au gré du balancement des branches dans les odeurs de terre humide. La lumière prend des formes fantastiques. Je sens sous ma tête, mon dos, des petits cailloux tout ronds. En bougeant, ça fait comme un massage. Je suis si bien que je comprends des choses. Par exemple, que quand on sait d'où on vient, on se sent plus fort. On résiste mieux aux problèmes de toutes sortes. Je dis cela et pourtant je n'ai jamais souffert de ma vie. L'absence de ma mère, je l'ai très bien supportée car je n'ai jamais connu autre chose. Rien ne peut nous manquer qu'on n'ait pas déjà possédé.

Soudain je crois entendre un bruit de pas sur les feuilles. Je me redresse. Une branche me bouche la vue, je la pousse et là, très distinctement, j'aperçois une ombre qui s'approche. Je n'ai aucune arme pour me défendre. Rapidement, l'ombre n'est bientôt plus qu'à trois mètres de moi. Deux mètres. Un mètre. Elle porte une capuche et à la main, un canif. Un courant d'air fait une trouée dans les branches et l'homme apparaît en entier. Je pousse un hurlement et me mets à lui donner des coups de poing, à lui tirer les cheveux. Mais ce sont des coups de poing dans le vide, des cheveux imaginaires. J'ai rêvé. Je ne sais pas combien de minutes il me faut pour m'en rendre compte. Ce n'était sans doute qu'un chat venu voir si tout va bien.

Je mets des heures à m'en remettre. De ma frayeur, mais surtout de ma honte. Je suis lâche et ça m'écœure. Je ne suis qu'une peureuse. Mais au fond, d'où ça vient le courage ? De quoi c'est fait ? À quoi ça se mesure ? Quand c'était la guerre, au Moyen Âge, en 14-18, en 39-45, c'était plus facile de jauger, mais aujourd'hui ?

Et comment je vais faire le jour du casse ? Et quel casse ? Où et quand ? Nulle part et jamais, si cette peur de tout continue à me pourrir la vie.

Chapitre 14

Le prix de la peur

Le samedi suivant, j'arrive comme chaque fois très en avance devant la prison. Mon oncle a un rendez-vous, il me rejoindra plus tard. Comme d'habitude, je repère rapidement les non-habitués. Ils regardent sans arrêt leur montre, pas par impatience, mais pour se donner une contenance, donner l'impression qu'ils sont là par hasard, qu'ils ne font que passer, qu'ils n'ont rien à voir avec le mal, la faute, la fraude, le vol, le mensonge. Avec le temps, ils finissent par comprendre que tout le monde s'en fout d'eux. Ici, chacun est dans sa bulle, concentré sur la personne qu'il va voir, se demandant si elle aura le moral, les mots qu'il lui faudra trouver si elle ne l'a pas. Si elle sera en bonne santé. Tomber malade en prison, c'est la cata. Il faut demander un médecin, l'attendre, remplir un dossier, attendre encore. On a le temps de guérir ou de mourir cent fois.

Mon oncle René arrive. On se donne de nos nouvelles, sans s'écouter vraiment. Les portes s'ouvrent. Ma fouille prend un peu plus de temps que d'habitude. Je ne viens pas les mains vides, mais avec le cadeau d'anniversaire de maman.

Quand je le lui tends, quelques minutes plus tard, elle prend un air étonné. J'adore quand elle fait ça, comme si elle n'avait pas vu le temps passer ou pensait que je pouvais avoir oublié. Elle l'ouvre. C'est un livre de photos sur le Canada, un pays où elle rêve d'aller, marcher dans ses forêts, faire du patin sur ses grands lacs, manger des crêpes au sirop de ses érables. Elle m'embrasse. Ses lèvres sont sèches. Je me recule légèrement pour les regarder. Leur pulpe est rouge, écorchée, mordillée. Elle est fatiguée.

– Tu es belle, maman.

Et je le pense. Même fatiguée, elle l'est. Elle me sourit avant de baisser les yeux. Elle joue un peu avec son alliance. René lit son journal derrière nous. Je me lance.

– Maman, tu n'avais jamais peur quand vous faisiez vos braquages ?

Elle marque un temps avant de répondre. C'est exceptionnel que je l'interroge sur cette période. Chaque fois, ses réponses sont courtes et détachées. Sans doute parce qu'elle ne veut pas être réduite à cette vie-là.

– Si bien sûr. Mais j'essayais de rester concentrée et de ne pas y penser.

Cela veut donc dire, et cela me rassure, qu'elle la connaît aussi cette peur. Mais qu'elle, elle est arrivée à la vaincre.

Ce qui ne l'a pas empêchée d'être soulagée quand cela s'est terminé. La preuve, je l'ai lue sur Google : elle, contrairement à Gun-Gun qui avait tenté de prendre la fuite et Alice qui y avait réussi, elle s'est rendue aux policiers, sans résister, les bras tendus pour être menottée.

C'est aussi grâce à Google que j'ai fait une découverte que j'aurais préféré m'éviter : deux photos d'elles trois. Sur la première, on les voyait, tête baissée, menottes aux poignets, montant dans un fourgon de police. Heureusement pour moi, maman était celle qu'on voyait le moins, sa main cachait son visage. Sur la seconde – la pire –, prise par une caméra de surveillance, on les voyait toutes les trois cagoulées. C'est après ça que j'ai cessé de regarder leurs photos, et même de lire les articles les concernant.

– Tu penses à quoi, ma Bandiya chérie ? j'entends maman me demander.

Je sors de mes rêveries :

– Tu m'aimes ?

– Pas de ça avec moi. Qu'est-ce que tu veux vraiment savoir ? Ce ne serait pas plutôt ta fameuse question : « Si tu avais su, tu l'aurais fait quand même, ce que tu as fait ? »

Quand la police l'a arrêtée, j'étais déjà dans son ventre et elle ne le savait pas. Mais si elle avait su que j'étais là ?

– Si, c'est ça.

Va-t-elle enfin me répondre ? Je sais qu'elle veut m'épargner en ne me racontant pas tout en détail, mais cacher la vérité c'est ce qu'il y a de plus mauvais dans la vie. Je ne comprends pas que des parents ne saisissent toujours pas ça, alors qu'on ne cesse de le répéter à la télé, dans les journaux, partout.

– À quoi ça sert de se poser cette question, ZO ? Tu peux me dire ?

– C'est important pour moi.

– Ce qu'il est important que tu saches, c'est que j'ai toujours rêvé d'avoir une fille exactement comme toi.

– Maman…

Je l'ai entendu cent fois, ça.

– Attends, je n'ai pas fini. Que tu saches que je t'aimais tellement que, quand tu es partie vivre avec papa, j'ai commencé à t'envoyer des petits signaux télépathiques. Tout doucement, sans te brusquer. Tu n'étais encore qu'une toute petite fille et je ne voulais pas te perturber. Communiquer avec toi, même sans que tu le saches, était déjà un grand réconfort pour moi. Tu vois, c'est un peu égoïste de ma part, tu as tout à fait le droit de le penser, mais je me disais que plus tard il en resterait quelque chose.

Quelque chose comme quoi ? Du courage ? C'est foiré. Ne pas savoir perdre mon temps ? Ça oui, peut-être. Dès que j'ai une heure devant moi, une heure de libre, c'est un problème. J'ai peur de ne pas savoir quoi faire de cette liberté, de m'en servir mal.

Maman me tapote le front.

– Ça cogite là-dessous, dis donc.

– Mouais.

Je lève les yeux vers elle.

– Toi tu as quelque chose à me dire, fait-elle.

– Ben non, pourquoi tu dis ça ?

– J'ai tout mon temps.

Je sais qu'elle va me travailler au corps, alors je lâche tout. Ma virée à Orléans, le square, le clochard, ma faim subite, le sucre sur le comptoir, le retour à la prison.

– Voilà c'est tout.

– Comment ça, c'est tout ? J'imagine bien qu'il y a quand même une suite à ton histoire.

Comba passe au fond de la salle, jouant de son boubou, de son rire heureux pour aller rejoindre son amoureux. Elle me fait un petit signe de la main, ça me donne le courage de me lancer.

– Je n'ai pas osé voler, je murmure.

– Pardon ?

– Je n'ai pas osé voler, je recommence un peu plus fort.

– Tu peux répéter, je n'entends pas bien.

– Je n'ai pas osé voler.

– Voler quoi ?

– Le sucre.

– Où ça ? À qui ?

– À personne, celui qui était sur le comptoir du café quand je mourais de faim et que je n'avais pas d'argent.

– Quoi ? Non, mais je n'y crois pas, Bandiya ! Même pas capable de prendre un sucre oublié. Un sucre oublié et GRATUIT.

– Je sais, maman…

Elle joint les mains vers le ciel, à l'adresse de Bob' qui doit me regarder de là-haut.

– C'est pour ça qu'on s'est battues, ton arrière-grand-mère, ta grand-mère, ta tante et moi ? Mais qu'est-ce qu'on va faire de toi ? Ah elle est belle, la relève !

Elle rit drôlement en disant ça, d'un air que je ne lui connais pas. C'est donc qu'au fond elle est déçue. Je l'ai déçue.

Bordel, je vais y arriver à faire ce casse ! Je vais lui prouver que je mérite d'être sa fille. Je vais m'exercer encore, lutter contre la peur, la vaincre comme l'a fait cet homme sans jambes qui a traversé la Manche à la nage, cette femme aveugle qui danse sur un fil au cirque, cet homme parti vivre six mois dans l'espace en apesanteur, comme ces bébés qui apprennent à marcher tout seul.

Et un jour, on parlera de moi aussi dans les journaux. On dira de moi « elle en a » (même si je ne vois pas trop le sens de cette expression). On dira de moi « Zoé, la digne héritière des Daltone ». On dira de moi « le courage, c'est Zoé ».

Chapitre 15

La vie chez les autres

Après ma visite, je retrouve Céline sous l'arbre. Elle et moi prenons le chemin vers chez elle. On a décidé ça la dernière fois. Elle veut me présenter sa mère. Ça a l'air important pour elle, alors j'ai accepté. Mais je ne suis pas sûre d'avoir envie de passer autant de temps avec cette fille avec qui je suis censée m'entendre parce que nous avons le même âge et un parent en prison. Et en même temps, ce n'est pas comme si j'avais tellement l'embarras du choix, vu que je ne suis pas du genre à passer des heures sur Internet, pas plus que je ne joue à des jeux vidéo. Je n'ai rien contre, c'est juste que je n'y pense pas.

Nous franchissons une voie ferrée et longeons une barre d'immeubles pour arriver chez elle, une bicoque étroite au fond d'une cour sombre.

Sa mère, Agata, apparaît sur le perron. Elle porte une longue robe à fleurs, une multitude de colliers autour du cou, du noir sous les yeux. Genre hippie. Une hippie qui me sourit de tout son visage, me propose avec un fort accent une part de gâteau aux carottes, m'entraîne voir son potager à l'arrière de la maison, ses tomates bien moches, mais sans pesticides, me demande sans préambule ce qu'a fait ma mère pour se retrouver « en zonzon », et à qui je réponds avec la même simplicité :

– Elle a braqué des bijouteries.

– *Des* bijouteries ?

– Sept.

– Sept ! s'écrient-elles en chœur, Céline et elle.

– Pas toute seule, hein. Elle faisait ça avec sa mère et sa sœur.

– Ah oui ? Enfin, n'empêche. Je dis bravo.

Elle a l'air sincère.

– Mais vous deviez être très riches alors ?

– Non, elles donnaient tout aux pauvres.

Un silence passe.

– Euh attends là. Elles ne gardaient rien pour elles ?

– C'est ça. Elles redistribuaient leur butin.

Gun-Gun, maman et ma tante ont marché dans les traces de Bob', mais contrairement à elle, elles ne jetaient pas leur butin dans la Seine ou ailleurs. Elles allaient enterrer les pierres précieuses en pleine nature, au pied d'un arbre, sous une roche ou dans une bergerie en ruine, espérant qu'un pauvre malheureux, dans des dizaines, des centaines d'années les découvrirait, verrait sa vie changer du jour au lendemain. Ou alors elles distribuaient l'argent à qui en avait besoin. C'est moins incroyable, mais carrément plus utile.

– Elles gardaient vraiment rien ?

– Mais non !

Je n'aime pas trop leur air sceptique quand je leur réponds ça.

Nous entrons dans la maison. Leur salon est rempli de petites tables, de bibelots, d'éventails, de figurines de jade, de pieds de lampe représentant des sages à longues barbes, de fausses fleurs, de coussins en velours. On se sent tout de suite bien dans cette atmosphère de roulotte. Soudain, en passant devant un miroir, je remarque une grosse tache blanche dans mes cheveux. Un oiseau m'a fait une crotte sur la tête pendant que j'étais au potager. Ça les fait tellement rire que je ris aussi. Je laisse Agata me laver les cheveux à même le robinet de la cuisine – en fait, c'est la cuisine *et* la salle de bains –, me les rincer doucement, recommencer, me mettre de l'après-shampoing, me masser le crâne, rincer, me les démêler. À la fin, elle m'enturbanne la tête dans une serviette. J'ai déjà essayé de le faire, mais ça tient jamais. Avec elle, si. Le reflet de moi dans le miroir me plaît.

– À mon avis, cet oiseau qui t'a fait caca dessus, c'est un message, me déclare-t-elle doctement en souriant.

– Un message ?

– Un message qui a à voir avec ta vie amoureuse.

– Trouve autre chose maman, elle n'en a pas, intervient Céline avant que je ne réagisse.

Comment peut-elle le savoir ? On n'en a jamais parlé. Elle l'a deviné à mon manque d'attention quand elle me raconte ses histoires de garçons à elle ? C'est vrai que je ne fais même pas semblant de m'y intéresser. J'oublie leurs prénoms d'une fois à l'autre. Pour moi, ils se ressemblent tous.

– Comment ça, elle n'en a pas ? s'exclame sa mère. Rien de rien ?

– Non madame.

– Ça alors !

– Je n'ai même jamais embrassé de garçon avec la langue.

Elle réfléchit très vite.

– Bon alors premièrement, tu ne m'appelles pas madame, mais Agata. Je n'ai pas encore quarante ans.

– L'année prochaine, se permet de lui faire remarquer Céline.

– Tatata. Je ne t'ai pas sonnée. Et deuxièmement, deuxièmement… Où en étais-je déjà ? Ah oui, tu vas me faire le plaisir de t'activer sur la question. C'est à ton âge que ça commence.

Elle recule d'un pas.

– C'est bizarre, quand même. Tu es jolie.

Le visage de Ben passe devant mes yeux, son regard posé sur moi, son sourire, et puis tout s'efface.

– Zoé, elle n'est pas que jolie, elle est carrément géniale, fait Céline.

Et là, impossible de l'arrêter même si je l'avais voulu. À l'entendre, je suis drôle, imaginative, sensible. Agata hoche la tête en me souriant.

– Oh, et si tu restais dormir, ma chérie ? fait-elle à la fin.

– C'est que…

– Oh oui, reste ! s'exclame Céline.

Je ne sais pas comment, mais sans l'avoir décidé, je me retrouve à appeler papa. Répondeur. Papy.

– Allô, ma biquette ? Ça va ?

– Oui. Tu as passé une bonne journée ?

– Euh oui, ma puce. Mais tu sais qu'il est tôt encore, elle n'est pas terminée.

Si seulement. Je suis soudain très fatiguée.

– Et les chevaux, ça va ?

– Pas mal. Tu veux me demander quelque chose, ma fée ?

– Je peux rester dormir chez une copine ?

Silence.

– Tu peux répéter, Bandiya ? Je n'ai pas bien entendu.

– Je peux rester dormir chez une copine ?

– Hervé !

– Quoi ?

– Viens voir.

J'entends ses pantoufles glisser sur le parquet.

– Zoé veut découcher !

Re-silence.

– Tu peux répéter ?

– Zo-é-veut-dé-cou-cher.

– Oh non !

– Si mon gars, on y est. Je te la passe.

– Non je ne peux pas. C'est trop pour moi.

Papy reprend le téléphone.

– C'est qui ? Tu as des préservatifs ?

– Mais non !

Il y a un bruit bizarre et là, c'est la voix de papa que j'entends.

– Tu l'as rencontré en prison ?

– Je…

– Ne nie pas ! Elle est foutue, Pablo. *On* est foutus !

– Mais papa, c'est Céline !

– Céline ? C'est qui ça ?

– Une fille.

– Une fille ? ! Oh non, pas à ton âge.

– Papa, Céline est une amie dont le père est en prison, je t'en ai parlé mille fois. Fais un effort. Tu t'en étais souvenu la dernière fois.

– Ah oui, c'est vrai. Ça me revient. Et donc ?

– Et donc, est-ce que je peux dormir chez elle ? Si ce n'est pas possible, papa, si tu me trouves trop jeune pour dormir chez une copine qui habite très loin de la maison, je comprendrai. Je prends un train et j'arrive.

– Non pas de problème, Zoé. À demain ! Amuse-toi bien !

Je raccroche. Je me sens très seule quand Agata m'appelle pour que je lui donne un coup de main à la préparation du repas. En fait, je ne l'aide pas du tout. Je ne fais que la regarder. Couper des tomates, ouvrir une boîte de thon, jeter le beurre dans la poêle. Ce sont ses mains que je regarde surtout, des mains de maman. Des mains qui ne se brûlent pas en saisissant un plat chaud, qui ne se coupent pas en hachant du persil, qui viennent te caresser le visage quand elles passent devant toi.

Le dîner fini, on va se coucher, moi dans le lit de Céline, elle dans un lit-tiroir à côté de moi, son furet dans les bras. J'ai du mal à trouver le sommeil, le panda sur son immense poster WWF ne me quitte pas des yeux. Tout est bizarre. En rentrant à la maison le lendemain matin, j'ai l'impression d'être partie six mois.

Chapitre 16

Un sacré coup de poing

Le Grand Prix de l'Arc de triomphe est l'événement de l'année le plus attendu par tous les amateurs de courses de chevaux. Celui qui l'emporte peut gagner jusqu'à cinq millions d'euros.

Papa et papy s'attendent à ce que je les accompagne, mais cette fois je dis non. Je les vois s'immobiliser.

– Ça t'ennuie maintenant, les chevaux, Bandiya ?

– Non.

– Alors qu'est-ce que tu as de plus important à faire ?

– Des choses.

Heureusement, ils n'insistent pas, et s'ils ne le font pas, c'est que je leur dis que je la sens bien cette course. Je fais mine de me concentrer sur la liste de la *Gazette des courses*.

– Golden Power, Diamant, Eau les mains.

– Tu es sûre ?

– Certaine !

– Alors c'est parti !

Ils rassemblent rapidement leurs affaires. Comme d'habitude, l'espoir fait briller leurs yeux.

Je charge mon sac à dos de dictionnaires, je mets des petits cailloux dans mes baskets et je pars. Direction le nord de Paris. Belleville, la Goutte-d'Or, les quartiers chauds. Je vais la buter, ma peur. Je vais l'éprouver, ma force.

À Stalingrad, au bord du bassin de la Villette, un grand frère court après sa petite sœur. Elle joue à être effrayée chaque fois qu'il s'approche. Je les regarde un moment, tout en m'efforçant de rester le plus longtemps sur une jambe, puis l'autre. Il fait chaud, j'ai soif, j'ai une bouteille dans mon sac de trois tonnes, mais je ne bois pas. Je n'aurai pas le temps de le faire le jour du casse, ni de manger, ni de faire pipi, ni de me demander ce que je fais là. Je repars, mes cuisses me brûlent.

Je longe le boulevard de la Chapelle. Le quartier devient de plus en plus chaud. Sur le trottoir, deux junkies se balancent sur une musique horrible, une bande d'ado jouent à se toucher avec un briquet. J'hésite à faire demi-tour quand une fille de mon âge chargée d'un gros sac Everlast arrive en face de moi. Elle sourit et son sourire représente bien plus que la simple gentillesse ou l'irruption d'un souvenir drôle comme ça nous arrive parfois. Il représente la tchatche, la persévérance. Elle tourne sous une porte cochère et traverse une cour. Je lui emboîte le pas jusqu'à une salle de sport, le Paris Boxing Club. Elle pousse la porte battante. J'attends un peu avant de faire de même. Le hall est vide. Je devine qu'elle est dans les vestiaires et en effet, après quelques minutes, elle en sort, toujours sans me voir, en caleçon et débardeur noirs, et baskets de boxe rouges, et elle entre dans la salle. Par la porte vitrée, je la vois s'échauffer à la corde à sauter.

J'entends les tours de plus en plus brefs, comme des rafales de vent. Puis après une série de pompes très rapides, elle enfile ses gants et commence à frapper contre un sac en cuir. À chaque coup, elle expire bruyamment, *hou-hou*, et on sent l'impact dans son corps, mais aussi dans sa tête. Comme s'il remettait un compteur à zéro, insufflait de la paix, de la justesse. Un autre boxeur entre, ils se mettent à parler, je m'en vais.

Encore tout ébranlée par la puissance de ces images, par le sourire radieux de cette fille, je prends le chemin pour rentrer en passant par l'autre côté de la Butte. La boutique n'a toujours pas ouvert, mais une nouvelle pancarte est collée sur la porte. Une enseigne de chocolatier belge annonce son ouverture pour le 1er du mois suivant, dans quinze jours. Mon espoir revient, intact.

L'escalier en direction du Sacré-Cœur part à moins de vingt mètres de là où je suis. Il se dédouble à la cent sixième marche, partant vers l'est et ses ruelles désertes. Je calcule le temps qu'il me faut pour rejoindre la maison, en passant par là : dix-sept minutes.

Je le fais dans l'autre sens, par les grands magasins : dix-huit minutes.

Je le fais en métro : vingt-deux minutes à cause du changement à Marcadet-Poissonniers.

Sur le chemin du retour, je passe devant une église. Une femme en sort, elle regarde au loin, souriante, rassurante comme la Vierge. J'y vois un signe. Cette boutique sera la bonne.

Ce soir-là, je retrouve papa et papy, en très grande forme eux aussi. Ils ont gagné plus de 5 000 euros au tiercé, avec Golden Power placé. Je profite de leur joie communicative pour leur demander, une fois à table (des huîtres, du foie gras, un gros gigot d'agneau, du fromage) :

– Racontez-moi votre vie avec Gun-Gun et maman.

Ils lèvent le nez de leurs assiettes en même temps. Je continue d'étaler mon camembert, en feignant l'indifférence.

Ils se regardent, se font « oui, il est temps » de la tête. C'est papy qui commence.

– Quand elles montaient leurs coups, elles nous demandaient à ton père et moi de sortir de la pièce. Pas parce qu'elles ne nous faisaient pas confiance, mais pour ne pas nous mettre en difficulté si jamais les flics nous posaient des questions. Pendant ce temps, nous regardions la télé dans la chambre ou nous allions faire des courses. On cuisinait. On leur apportait de quoi manger, ce qu'elles aimaient, en frappant trois fois avant d'entrer. Souvent, elles ne prenaient pas le temps de finir leur repas et on récupérait des croquettes de poisson à moitié mangées, des petits pois froids, du ketchup figé. On les retrouvait le matin, endormies sur le canapé. Cela pouvait durer des jours comme ça, à discuter, s'engueuler, dessiner des plans, barrer tout, recommencer depuis le début.

– René était avec vous ?

– Non, René était à Orléans, il s'occupait de la teinturerie. Il ne voulait pas être mêlé à tout ça. Le petit était né à l'époque. Il ne s'agissait pas de lui faire prendre de risque.

– Vous aviez peur ?

– Peur pour nous ?

– Pour elles, papa ! Pour elles.

– C'est une question qu'on ne se posait pas, fait papy.

– Que *tu* ne te posais pas. Moi si.

Le silence se fait. Je regarde mes pieds nus, couverts d'ampoules après cette marche de l'après-midi. J'attends.

– Tu sais ma chérie, commence papa, quand j'ai rencontré ta mère, on avait vingt ans. Je savais ce qu'elle faisait, voler des diamants, elle ne me l'avait jamais caché. J'avais peur pour elle, mais j'ai très vite compris que rien, pas un mot de moi et encore moins une menace, ne la ferait changer. Même de tomber amoureuse, même d'avoir un enfant ne serait plus fort que ce qu'elle avait prévu de faire. Sa vie, c'était de prendre des risques.

Eh bien voilà, je l'ai ma réponse. Maman ne se serait pas arrêtée pour moi. Elle aurait fait ce qu'elle avait fait, même en sachant que j'étais dans son ventre. C'est peut-être dur à entendre, mais c'est la vérité. De quel droit de toute façon, le lui aurais-je reproché ?

– Papa, papy, j'ai quelque chose à vous demander.

– Encore ?

– J'aimerais faire de la boxe.

Ils ne se sont même pas consultés d'un coup d'œil, pour me répondre :

– Pas question. C'est un sport de voyous. Et n'insiste pas Bandiya, cela ne servira à rien.

OK OK. Ça ne rigole pas. Je vais embrasser leurs fronts soucieux, ça va mieux. On respire de nouveau.

Chapitre 17

L'appel du sucre

Le samedi suivant, en passant devant la vitrine de la Timbale pour rejoindre René à sa teinturerie, ma faim, ma peur, mon échec me reviennent d'un bloc. Et si j'y arrivais cette fois ? Ça m'entraînerait pour la boutique. L'idée me paraît d'autant meilleure que, là encore, je le vois d'ici, un sucre a été oublié sur le comptoir. Et qu'en plus, il y a du monde. Et qu'en plus de plus, j'ai du temps devant moi, mon oncle m'a prévenu qu'il serait en retard.

J'entre. Un homme au comptoir, devant un verre de blanc, lit *L'Équipe*, à côté de deux femmes en uniforme d'hôtel, qui se partagent des écouteurs. Au bout du bar se tient un groupe de turfistes concentrés.

Je m'approche de l'homme à *L'Équipe*, le plus proche du sucre. Il sent la cigarette. Il a posé devant lui son portable à clapet, un mouchoir en tissu, un vieux porte-monnaie crasseux, son briquet. J'attends un peu, derrière lui. Mon cœur bat vite et fort, mais pas trop. J'y vais ? Je n'y vais pas ? Un client entre, j'y vais. Non, je n'y vais pas. Si. J'avance le bras, d'abord lentement, comme un serpent, suis-je en train de penser quand mon poignet est fermement saisi et soulevé en l'air.

– Je t'y prends, petite voleuse !

– Mais…

– Roger, regarde ça. Elle a voulu piquer mon porte-monnaie.

Le patron du café, occupé au fond de la salle, se retourne d'un bond. Les conversations s'interrompent, les regards se tournent vers moi.

– Mais pas du tout, c'est le sucre que je voulais !

– Oui, c'est ça, et moi je suis la reine d'Angleterre. Tu as voulu me piquer mon porte-monnaie !

– Non, mais c'est pas vrai ! Pas toi ! fait Roger, éberlué.

Pendant longtemps, papa et moi on venait ici après la prison, pour une bière et une grenadine. Il connaît toute la famille, toute notre histoire. Il s'approche de moi. J'essaie de me dégager, mais l'homme ne veut pas lâcher mon bras. Le bruit d'une sirène passe dans la rue.

– Je n'y crois pas ! Je t'ai connue toute gamine, adorable et tout, et voilà ce que tu es devenue. Avec la mère que tu as…

– …

– Ben dis quelque chose.

– …

– Bon, j'appelle ton oncle.

Je sens mes jambes me lâcher. Une des deux femmes doit le sentir car elle me tend un verre d'eau.

Deux minutes plus tard, mon oncle est là. Il m'entraîne dehors, me fait monter dans sa voiture. S'ensuit un long monologue qui donne à peu près ceci :

– Ras le bol, je ne peux pas croire ça, il faut toujours que ça tombe sur moi, je suis le seul à bosser dans cette famille, j'ai éteint ma machine au moins ? et le fer ? Xavier ne m'aurait jamais fait ça… il va avancer ce con devant, le feu est vert, comme si je n'avais que ça à faire, et Alice qui s'est encore engueulée avec une gardienne, elle ne peut pas se calmer un peu ? quel caractère de merde ! elle a de qui tenir, Zoé, fais attention de ne pas salir ma voiture, Xavier, lui, il se tient bien.

Et là, il se passe une chose amusante (avec le recul, amusante), je m'assoupis comme quand j'étais petite, à l'époque où je me réfugiais dans le sommeil quand tout autour de moi devenait trop compliqué.

Je me réveille en bas de notre immeuble. Mon oncle me mène par l'épaule jusqu'à la maison au cas où j'aurais l'intention de m'échapper. Papa ouvre. Derrière lui, papy porte la chemise à carreaux qu'on lui a offerte pour son anniversaire. Je ne sais pas si c'est à cause de ça ou pas, mais je cours me blottir dans ses bras. Il me sert fort contre lui avant de reculer d'un pas.

– Non, mais Zoé, tu te rends compte de ce que tu as fait ?

J'entends la chasse d'eau. Qui d'autre est là ? À peine le temps de réfléchir que Schouppe entre dans la pièce en reboutonnant sa ceinture.

– Assieds-toi, fait-il d'une voix à laquelle même les plus grands caïds doivent obéir.

– Assieds-toi, répète papa pour rien.

Sa mèche pend sur son front, le bas de son jean est resté coincé dans sa chaussette, il ne semble pas s'en rendre compte.

– Nous attendons des explications, poursuit Schouppe.

Ses bretelles noires tranchant sur sa chemise blanche boutonnée jusqu'au col lui donnent une allure de mafieux. Un mafieux nerveux. Des gouttes de sueur recouvrent son crâne.

– Mais je n'ai rien fait !

– Voilà une défense qui commence mal.

– Qui commence mal, répète papa toujours pour rien.

– Je voulais juste prendre le sucre. Je n'avais même pas vu le porte-monnaie.

– Ne mens pas. Certains vont en prison pour moins que ça.

– Mais je ne mens pas ! Je ne voulais pas voler, je voulais juste essayer, voir si j'étais capable de voler un sucre, c'est tout.

– C'est tout ?

– Oui, c'est tout. Je me suis forcée.

– Forcée ? Là, je dois dire qu'on ne me l'avait encore jamais faite. Si je n'étais pas autant en colère, je te féliciterais.

Je sens les larmes monter. Merde, je n'ai rien fait !

D'ailleurs, est-ce une bonne ou une mauvaise chose ? J'ai raté une connerie. Des deux maux, quel est le pire ?

– Arrête de pleurer Zoé Van Altone, il fallait y penser avant. Tu veux que je te dise ?

Non.

– Tu es la perle sur le fumier.

– Arrête, le coupe papa. Là, tu exagères.

Schouppe inspire profondément.

– Elle doit réaliser ce qu'elle a fait. C'est capital. Zoé regarde-moi, tu as volé parce que…

– Je n’ai pas volé !

– C’est pareil. Vouloir et faire, c’est la même chose.

– Euh, pas tout à fait, tente papy.

Schouppe ne relève pas.

– Tu t’es sentie autorisée à voler parce que ta mère, ta grand-mère, ta tante et ton arrière-grand-mère l’ont fait, c’est ça ?

Subitement, tout ça commence à m’énerver et plus du tout à m’attrister.

– Mais vous m’avez entendue ? ! Je-n’ai-pas-volé, bordel de merde !

Ils se regardent tous les trois, interloqués, et d’un coup ça se calme en pression. Schouppe va enfin s’asseoir, papa ouvre enfin la bouteille de vin qu’il tient à la main depuis le début, papy va enfin chercher du saucisson dans la cuisine, mon oncle sourit enfin. On mange en silence, en se regardant par en dessous.

Je n’en reviens pas de ce qui est en train de se passer. Il y a deux heures, j’étais en chemin pour aller voir maman et je me retrouve là, de retour à Paris, sans l’avoir vue.

Jamais je n'ai manqué une visite, même avec un début de bronchite, même avec une menace d'appendicite.

– Qui vole un œuf vole un bœuf, qui vole un sucre vole un… ? veut plaisanter papy pour détendre l'atmosphère.

Qu'a-t-elle pensé en ne me voyant pas arriver ? Que je l'abandonnais ? Que j'en ai assez d'avoir une mère en prison ? Que j'en ai honte ?

– Vole un ? insiste papy.

Je n'ai pas envie de jouer. Mais alors pas du tout. La colère me monte au nez.

– Est-ce que vous avez pensé à maman ? À son inquiétude quand elle ne m'a pas vue arriver ?! Alors au lieu de m'engueuler…

– J'ai appelé Jacasse, me coupe Schouppe. Il est allé la prévenir dans sa cellule.

Comment Jacasse a-t-il raconté à maman ce qui s'est passé ? Que j'ai cherché à voler un porte-monnaie alors que l'idée ne m'a même pas effleurée ? Mais pourquoi d'ailleurs ? C'est peut-être là que je ne suis pas normale, je ne vois pas quoi voler. Comme pour les garçons, il me manque peut-être un truc dans le cerveau.

La fille de la boxe me revient en mémoire, sa force, son cran. Alors je les regarde les uns après les autres, Schouppe, papa, papy, jusqu'à ce qu'ils baissent les yeux.

Chapitre 18

Gros *down*

Jamais je n'ai attendu avec autant d'impatience et d'appréhension la prochaine visite à ma mère. Je ne pense plus qu'à ça. Je ne vois pas d'autre échéance dans ma vie que celle-là.

Papa et papy voient bien que ça ne va pas fort, que je ne suis pas comme d'habitude.

– Qu'est-ce qui est vert, se déplace sous l'eau et fait *buzzzzz* ? a tenté papy hier soir.

J'ai haussé les épaules.

– Un chou marin ruche.

Mon visage n'a rien montré.

– Tu veux retourner à Disneyland ?

J'ai secoué la tête.

Rien de ce qu'ils disent ou me proposent ne parvient à me changer les idées. En plus du reste, je me suis mise à faire des cauchemars. Toujours le même en fait. Tout le monde est emprisonné sauf moi. Ou alors tout le monde est libre, sauf moi. Je ne sais pas lequel est le plus désagréable.

Pour que le temps passe plus vite, je lis ou je regarde la télé. Je devrais travailler, mais je n'arrive pas à me concentrer et mes notes s'en ressentent. Je pourrais faire du sport aussi, mais j'ai mal aux articulations. J'ai « une poussée », comme dit papy. En effet, quand il m'a mesurée à la toise de la cuisine, on a vu que j'avais pris trois centimètres en deux semaines.

– Qu'est-ce que je viens de dire, Zoé ?

Je sursaute. J'ai oublié où j'étais. En l'occurrence en cours de techno.

– Euh… Je…

Face à moi, madame Deschamps attend une réponse.

– Puisque votre présence en cours n'est pas indispensable, je vais vous demander d'accompagner Clara à l'infirmerie. Elle a mal au ventre.

– Merci madame. Enfin, je veux dire, d'accord, madame.

Dans le couloir, Clara, celle dont la mère pique les fringues, me confie avoir peur d'être enceinte. Je n'en reviens pas que ce soit possible à son âge (qui se trouve être aussi le mien). Mais Clara, elle a le caractère pour ça. Je dis ça, je ne juge pas. On se connaît bien toutes les deux, on est ensemble depuis la maternelle. Déjà là, elle était la première à donner à manger au hamster, la première au fond du car quand on partait en voyage avec toute la classe, la première à la cantine, la première dans la cour *après* la cantine, la première au cent mètres, la première chez le proviseur, aussi parfois. Elle prenait des risques, elle n'avait pas peur de s'affirmer.

– Laquelle de vous deux est malade ? nous demande l'infirmière en nous voyant débarquer.

– C'est moi, fait Clara.

– Tu fais bien de préciser. Vous avez toutes les deux mauvaise mine. Bon Zoé, tu peux retourner en cours.

Je ne bouge pas.

– Zoé, je te dis que tu peux retourner en cours.

– C'est que…

Je lui aurais bien demandé pourquoi je n'ai toujours pas mes règles. Mais de savoir que Clara à côté de moi pourrait être enceinte me fait paraître la question tout à fait absurde.

– Que quoi ? fait-elle crispée. Tu accouches là ? Je n'ai pas que ça à faire.

– Non rien.

À pas lents, je reviens vers la salle 13. La cloche va bientôt sonner, ça ne vaut pas la peine de retourner en classe. Alors pour passer le temps, j'écoute aux portes. Dans la salle 8, il y a des bruits de chaises, des rires, des cris. Un prof gueule : « Prenez vos agendas, ça n'a pas sonné ! » Je devine ceux qui ont déjà rangé leurs affaires et sorti leur portable. Je passe devant la salle 9. Là, il n'y a aucun bruit, seulement une voix qui dicte : « Le naturalisme tend à... explorer tous les milieux sociaux... milieux sociaux... en dévoilant... en dévoilant la misère humaine... la misère humaine... » Je pense à la prison, à Sandra, à Hubert qui en connaissent quelque chose, eux, de la misère humaine. Je pense à Sophie dont le fils, élevé dans les beaux quartiers, s'amuse à agresser des petites vieilles et qui lui, n'en connaît rien. J'arrive dans la salle 10. « Démontrer que l'inverse de $9 - 4\sqrt{5}$ est $9 + 4\sqrt{5}$. » Je me demande comment cette question a pu m'intéresser un jour.

La grosse pendule du hall marque moins quatre. Une grande tache de soleil décore le carrelage. L'homme de ménage, un Indien, pousse sa serpillière dessus comme pour l'effacer. Je retourne en classe. Au moment où je pose la main sur la poignée, ça sonne. La prof me fait signe parmi le vacarme des chaises. Elle veut me parler. Merde. Les élèves quittent la salle. Une fois que nous sommes seules, elle commence.

– Zoé, on m'a parlé de ta situation...

Ma mâchoire se crispe.

– Quelle situation ?

– Ne fais pas semblant de ne pas comprendre, tu sais de quoi je parle. Ta mère...

– Oui ?

– En prison…

– Et ?

– Rien. C'est juste que si tu veux qu'on en discute, c'est…

– Je ne veux pas discuter. On n'est pas dans un salon de thé.

Elle déglutit.

– Zoé, je ne te demande pas de m'en parler là, tout de suite. Je te dis juste que si un jour tu veux le faire, je suis, *nous* sommes là. Avoir une mère en prison…

– Maman n'est pas en prison.

– Ah bon, mais je croyais…

– Non, elle vit à la maison des mamans.

C'est comme ça que je l'appelais, petite.

Comment j'ai su que ma mère était en prison, je ne sais pas bien. En fait, je crois qu'on ne me l'a pas dit. J'étais censée le savoir, étant née là-bas. Le plus pénible, ça n'a pas été ça, c'est quand j'ai découvert que toutes les mamans ne vivaient pas là-bas, à la maison des mamans. Là, ma vie s'est assombrie.

Elle me regarde d'un air étrange, se demandant si je plaisante ou pas. Je ne laisse rien paraître.

– Tu es une drôle de fille... grimace-t-elle comme si je lui faisais mal.

Je ne réponds pas. Je viens de comprendre que c'est à cause de mes mauvaises notes qu'on s'est mis à paniquer, au point que papa leur parle de « ma situation », mais que si je remonte le niveau on me foutra la paix. Du coup, je vais faire en sorte qu'on me foute à nouveau la paix. Et pour qu'on me foute la paix, il faut que je redevienne moi-même. Comme avant. Avec mes ambitions. Le prochain casse du siècle, ce sera moi !

Dès le lendemain, je rouvre mes livres et je réattaque mon entraînement sportif. Trente pompes tous les soirs, quatre séries de ciseaux. Avant de m'endormir, j'écoute au casque des discours de coachs sportifs et mentaux : « Vous êtes le propre acteur de votre réussite », « Votre pire ennemi, c'est vous-même », et autres vérités du genre. Un jour sur deux, je fais un jogging jusqu'à la chocolaterie. Les travaux avancent bien. Finalement le marron sur les murs n'a pas dû plaire au patron, ils sont repassés au blanc.

Avec tout ça, je réalise que cela fait deux semaines que je n'ai pas vu Ben. Ce jour-là, en rentrant de mon jogging, je décide de faire un détour par la place. Je reconnais sa silhouette au pied de l'arbre.

– Excuse-moi, ça fait longtemps, je lance essoufflée en m'arrêtant à son niveau.

– Je t'ai manqué ?

Quelle drôle de question, je me dis, penchée en avant pour oxygéner mes muscles. Je préfère ne pas répondre.

– Tu as vu qui vivait là finalement ? embraye-t-il.

Qui vit là où ? Je mets un temps avant de comprendre qu'il parle de l'écureuil, merle, mulot, mouflette ou qui que ce soit qui vit dans l'arbre.

– Non.

Il a l'air déçu par ma réponse. Ça me gêne.

– J'étais pas mal occupée, je fais en forme d'excuse.

– Pourquoi ? Raconte.

Il me regarde, je le regarde. Il y a quelque chose dans son visage ou la couleur de son pull, dans l'air, dans l'arbre, dans les bruits lointains de la circulation, qui fait que je pourrais le faire. Mais je préfère lui parler de Pout-Pout, le furet de Céline, et de comment il semble ne rien rater des conversations, perché sur son épaule.

Il m'écoute, l'air de dire que je suis vraiment une drôle de fille. Si ce n'est que, lui, contrairement aux autres, il a l'air de l'apprécier.

Chapitre 19

La peur de ma vie

Mon cœur battait déjà fort quand je me suis réveillée ce matin. Le trajet me paraît interminable. Mais ça y est, je suis devant la prison. Encore quelques minutes et je vais enfin la voir.

En attendant le parloir, René, qui m'a rejointe sur place, discute avec Jacasse. Assise à côté de la télé – Stéphane Bern essaye un rameur d'appartement –, je n'entends pas leur conversation, mais pour une fois je m'en fous pas mal. Quand enfin les gardiennes viennent nous chercher, Jacasse me fait signe d'y aller en premier, mon oncle me rejoindra.

C'est Ingrid, la sympa, qui m'accompagne au parloir. Quand j'arrive au box, il est vide. Mon sang ne fait qu'un tour. Maman ne veut pas me voir. Elle m'en veut trop de ce que j'ai fait et que je ne sois pas venue la dernière fois.

– Elle va arriver d'une minute à l'autre, cherche à me rassurer Ingrid.

Mais ça ne sert à rien. Ma gorge se serre au fil des secondes, à me voir comme de haut, une fille seule assise devant une table vide et grise devant une chaise vide et grise, entourée de murs gris et vides, une gardienne dans son dos.

Finalement, Ingrid va voir ce qui se passe, me laissant seule, abandonnée. Je me prends le visage entre les mains. Après quelques secondes, je sens quelqu'un me les retirer. C'est elle, maman. Elle est là, à me serrer contre elle. C'est la première fois de nos vies que nous sommes absolument seules l'une avec l'autre. Cela ne dure pas longtemps, Ingrid est vite revenue, mais ces quelques minutes me font l'effet d'une éternité. Après ça, nos regards ne se quittent plus, pas même une seconde, pendant toute l'heure de la visite. Elle ne me pose aucune question sur mon absence de la dernière fois. Comme si j'avais une vie à moi, comme si j'étais grande et indépendante. Comme si elle avait toujours su qu'il arriverait un jour où j'aurais des choses à faire plutôt que de venir la voir (j'apprendrai plus tard que tous s'étaient concertés pour lui dire que j'avais été retenue à la dernière minute par une sortie scolaire).

C'est soulagée, regonflée à bloc que je retrouve Céline sous l'arbre. Cette fois, c'était prévu, je dors chez elle. Sa mère sort avec une copine et rentrera tard.

Sa chambre, tout comme la mienne, est remplie d'objets en tous genres, d'une beauté souvent indéterminée. Des collections inachevées de briquets publicitaires, de rubans de papier cadeau et d'ours miniatures. Celle-ci, je la jalouse. Céline en a bien une trentaine, en corne, en plastique, en verre, en plâtre, la gueule ouverte sur le point de mordre, les pattes levées prêtes à attaquer, ou d'autres dormant en boule. Mon préféré est tout petit, ancien, en bois sombre, humble, la tête baissée, un pied cassé. Tenant parfaitement dans ma main. Glissant parfaitement dans ma poche. Elle ne s'en apercevra pas, elle en a tant.

Elle revient de la cuisine avec une salade de pâtes et un cake au citron que sa mère a préparé pour nous. Nous mangeons en regardant la vue par sa fenêtre. Des champs. Des arbres. Des poteaux électriques. Des corbeaux posés sur les fils et qui poussent leurs cris stridents.

– Je les déteste, ceux-là.

– Pourquoi ?

– Ils ont mangé Tintin, mon premier furet.

– C'est moche.

Elle se tourne vers moi.

– Ça te dit de tirer ? J'ai la carabine à plomb de mon père.

Je reste bouche bée. Je n'ai jamais joué avec une carabine, même à la fête foraine. Sans attendre ma réponse, elle va chercher l'arme dans le cellier de la cuisine. Je la regarde faire, son geste sûr pour basculer le canon et le charger avec un petit plomb. Elle vise un oiseau. Le rate. Me propose d'essayer. M'entend dire oui. Me le tend. Je pense à Gun-Gun, je me mets très fort à sa place. J'épaule, je serre les doigts, les dents, pour résister au mouvement de recul, et ça y est, je vais tirer, je tire. Le corbeau tourne sur lui-même comme une toupie avant de venir s'écraser sur le sol.

– La vache, siffle Céline entre ses dents. Tu es douée, dis donc.

Je ne m'y attendais pas du tout. À réussir, et surtout à ce calme au fond de moi. Je me sens très seule et très forte, en même temps.

Mais beaucoup moins seule et forte que quelques heures plus tard, quand couchée dans le lit de Céline je me sens faire pipi, mais un tout petit pipi, un pipi qui se serait tout de suite arrêté. Je me lève. Et là je découvre ce que j'attends depuis des années : une tache de sang. Enfin ! Je réveille Céline qui me donne ce qu'il faut, me montre comment ça marche. Ça va, ce n'est ni compliqué ni vraiment dégoûtant comme je craignais. Et puis, elle m'emmène voir sa mère rentrée entre temps, qui lit dans sa chambre. Une bougie est allumée, ses oreillers sont blancs et doux. Elle me fait signe d'approcher. Je m'assieds sur le bord du lit, mais elle m'attire contre elle et là, blottie, je l'entends murmurer un air de son pays, la Catalogne. Une chanson qui parle de la mer, des vagues, de leur éternel recommencement, des trésors qu'elle chérit.

Le lendemain, j'écris à maman. Je dessine un rond rouge au milieu d'une feuille blanche, c'est tout. Je suis sûre qu'elle va comprendre. Qu'elle va être fière. Son bébé est devenu une femme. Au moins une chose de réussie dans ma vie.

De retour à Paris, je passe devant la chocolaterie voir si les travaux avancent. Merde, ils sont de nouveau arrêtés. Vont-ils reprendre un jour ? Je recommence à douter. Mais le moral reste bon. Ça y est, j'ai mes règles, ça y est, j'ai mes règles, ça y est, j'ai mes règles. J'aimerais l'annoncer à papa et papy, ils vont vouloir fêter ça avec moi comme je le mérite, mais ce soir René vient dîner. Je n'ai pas envie de partager ça avec lui.

Il arrive, l'humeur sombre. Il revient d'une visite à Alice. Elle s'est encore engueulée avec une gardienne.

– Ça devient de plus en plus dur pour elle, je sais, mais si elle continue comme ça, elle risque de faire une vraie connerie et de voir sa peine prolongée.

Des trois femmes, c'est Alice qui vit la prison le plus mal. C'est elle, paraît-il, qui a l'esprit le plus libre, le plus rebelle.

– Quel caractère, quand même ! Remarque, elle a toujours été comme ça. Tout la révoltait, la richesse et la pauvreté, poursuit René. Face à une injustice, ailleurs dans le monde ou dans sa voiture après une queue de poisson, elle rentrait dans des rages folles. Je pensais que la naissance de Xavier l'apaiserait, mais ça n'a rien changé.

C'est la première fois que je l'entends parler comme ça, sans jouer le rôle du mec qui sait tout sur tout. Il a vraiment l'air perdu.

Papa sourit.

– C'est vrai que ton Alice, c'est quelqu'un.

– « Personne ne nous arrêtera ! Personne ne nous arrêtera ! », vous vous souvenez qu'elle répétait ça quand elles préparaient leurs coups ? enchérit papy.

– « Je me sens l'âme d'une anarchiste », elle disait aussi.

– Elle ne vivait que pour ça, reprend René. Elle n'était jamais aussi heureuse que quand elles allaient avoir à décider d'une nouvelle affaire. Elle disait : « C'est bon, je revis », comme si l'avant ou l'après n'avaient aucune importance.

– Elle s'était fait fabriquer une cagoule sur mesure.

– Ah oui, c'est vrai ! Une sorte de casquette-bonnet qui d'un geste se transformait en cagoule.

Il fait un mouvement de la main.

– En cachemire, la cagoule, précise papa.

– En cachemire la cagoule, répète René.

– Les jours précédant le casse, l'adrénaline montait. Toutes les cinq minutes, elle disait : « On bouge. » Elle voulait sortir en boîte tous les soirs. On laissait le petit à la maison.

Un long silence passe.

– Comment elles choisissaient le lieu de leur casse ?

La question m'est venue tout naturellement, sans l'avoir préparée.

Ils se tournent vers moi en ayant l'air de s'apercevoir de ma présence.

– Choisissaient quoi ? Dis donc, tu ne devrais pas être couchée toi ?

– Mais c'est vrai ça ! renchérit papa.

– Allez viens, je vais te lire une histoire, fait papy pour rigoler.

Message reçu. Ils ne veulent rien me dire. Tant pis, je me débrouillerai très bien toute seule.

Chapitre 20

Métamorphose

Depuis l'arrivée de mes règles, c'est comme si mon corps entier ne tenait plus en place. Mes cheveux ont poussé et épaissi. Mes pulls sont devenus trop serrés et mes jeans trop grands. Dans le miroir de ma chambre, je mets toujours un petit temps avant de me reconnaître. J'en profite pour deviner l'effet que je produis quand on me voit pour la première fois. Et en particulier, ce qu'un garçon penserait de moi en me croisant dans la rue.

Je me pose des questions nouvelles aussi. Je laisse mes cheveux détachés et je joue avec une mèche quand je fais mine de réfléchir. Mais à gauche ou à droite, la mèche ?

Et mes sweats, dessus ou dans mon jean ? Et bleu ou vert le jean ? Slim ou pas slim ? Je passe des heures sur le site de H&M, à faire des achats que je ne valide pas.

Soudain, j'en ai marre et je décide d'aller en vrai au magasin du boulevard Saint-Germain, loin de chez moi, à l'autre bout de Paris. J'ai repéré un tee-shirt pas mal, rose pâle avec un palmier vert vif. Arrivée sur place, je serre l'ourson de Céline au fond de ma poche, mon ourson porte-bonheur, et j'applique la méthode de la « poupée russe » découverte sur Internet : *Au lieu de juste essayer un vêtement, gardez-le sur vous ! Et si les cabines d'essayage sont parfois surveillées, ils ne font en général pas gaffe aux gens qui essayent directement dans les rayons.* Et en effet, le site dit vrai, je sors du magasin sans que rien se passe. Du moins à l'extérieur de moi. Dedans, c'est extraordinaire, je flotte sur une marée de nuages. En fait, pour arriver à voler, il suffit de rester concentrée et de ne pas réfléchir. D'ailleurs, quand j'y pense, maman ne m'a pas dit autre chose quand je l'ai interrogée au sujet de sa peur.

Je suis deux filles de mon âge sorties en même temps que moi du magasin. Je suppose en voyant les mouvements qu'elles font avec leurs mains, leurs cheveux, qu'elles parlent de garçons. Je me rapproche discrètement. L'une dit à l'autre :

– Quand je suis comme ça dans la rue, je me dis toujours que je vais me faire écraser par un bus, ou être assassinée. Pas toi ?

Ça alors…

– Euh non, répond l'autre.

– Ou que je vais choper un virus horrible qui me transformera en monstre, des plaques de boutons partout. Le plus dingue, c'est que quand ces pensées me viennent, eh bien parfois ça me rend heureuse. Enfin, heureuse c'est pas le bon mot. Soulagée, peut-être. Tu vois ?

– Pas trop en fait.

Moi non plus. Elle est bizarre cette fille quand même.

Je m'arrête devant un cinéma d'art et d'essai qui passe de vieux films de l'époque de Bob'. Elle était célèbre pour ses casses, mais aussi ses histoires d'amour. Il paraît qu'elle rendait tous les hommes fous. J'ai vu sur Google des photos d'elle portant des turbans piqués d'une plume, de longues robes en velours brillant.

C'était une personne si extraordinaire qu'on avait pensé faire un film en noir et blanc sur sa vie, avec des acteurs comme Jean Gabin à qui elle aurait fait tourner la tête. Mais ça je ne sais pas si c'est vrai et de toute façon, je ne vois pas qui c'est. Ah si c'est lui là, sur l'affiche du cinéma ? *Au-delà des grilles*, 1949. Je le trouve petit, très commun. Enfin, chacun ses goûts.

Je me sens bien, en confiance, je n'ai pas encore envie de rentrer. Je vais faire un tour chez Gibert Jeune, boulevard Saint-Michel, juste à côté. Rayon BD classique d'occasion. Je remarque la série des *Dalton*. C'est drôle, avec le surnom que ma famille porte, je n'ai jamais pensé à en ouvrir un. Les titres sont prometteurs. *Les Dalton à la noce*, *Le Mouchard*, *Enfermés dehors*. J'en ouvre un au hasard. Un peu trop garçon à mon goût, mais quand même sympa. Je prends *Le Magot des Dalton* à 3,99 euros et *Touche pas à mes diams*, 4,99 euros, et vais m'asseoir par terre pour les lire, quand une voix m'appelle d'en bas des escaliers.

– Zoé !

– Ben !

Il paraît content de me voir. Il lève les yeux sur mon bonnet en laine, puis il les baisse sur mes bottes de caoutchouc avec un canard dessus. C'est une paire que je ne mets jamais, mais j'ai choisi cette tenue pour ne pas prendre le risque d'être reconnue (même – surtout ? – par moi-même) si les affaires tournaient mal au H&M.

Il adresse un sourire à mes bottes.

– Qu'est-ce que tu fais là, Zoé ?

– Je me balade. Et toi ?

– Je suis allé voir mon grand-père. Il veut que je lui apprenne à envoyer des mails.

– Et ça marche ?

– Pas trop. Enfin disons qu'il a des sacrées lacunes.

Il regarde ce que je tiens dans les mains.

– *Les Dalton* ? Qu'est-ce que ça a vieilli ! Et c'est d'un macho en plus. Tu ne trouves pas ?

Tout en parlant, il remonte sans arrêt sa mèche sur le front. Un geste qui lui va bien. Plutôt très bien même.

– Tu m'écoutes, Zoé ?

On se regarde quelques secondes tous les deux. Nos yeux n'arrivent pas à se détacher. À un moment, je le vois rougir, chercher un sujet de conversation, n'importe quoi, juste pour rompre le silence. Moi au contraire, je suis bien. Je me sens presque belle. Non, carrément belle.

– Au fait, je ne t'ai pas dit, finit-il par lâcher. Le nom scientifique du furet est *Mustela putorius furo*, et tu sais ce qu'il veut dire ?

– Non.

– Voleur puant. C'est drôle non ?

– Un peu.

J'ai une drôle de sensation.

– On l'appelle comme ça parce que dans la nature, ces petites bêtes ont l'habitude de piéger leurs proies dans leurs tanières, ce qu'elles continuent de faire en vivant avec nous.

Je me demande pourquoi il me raconte tout ça. Il m'a vue au H&M ?

– Ils volent tous les objets qu'ils trouvent intéressants et les cachent dans un endroit secret. Ta copine doit le savoir non ?

– …

– Elle doit faire gaffe aux clés, aux pièces, aux portables…

Ses yeux fixent les miens. Mes mains commencent à trembler, j'ai chaud, j'ai froid.

– Euh, excuse-moi, je dois y aller.

– Mais attends, je n'ai pas fini de te raconter ! Attention aussi aux tire-bouchons, aux casques…

J'ai déjà filé dans la bouche de métro.

N'empêche que de retour chez moi, même si mon tee-shirt ne me va pas du tout car cent fois trop grand, et qu'à cause d'un défaut de fabrication le palmier penche dangereusement sur la gauche, je ressens une joie immense. J'ai enfin réussi à voler ! L'ours de Céline je l'ai volé aussi, mais ce n'est pas la même chose. Ce n'est pas une marchandise avec un prix dessus (en l'occurrence 5,99 euros le tee-shirt).

J'ai du mal à m'endormir ce soir-là, tellement je suis excitée. Et comme chaque fois que ça arrive, je me raconte l'histoire de maman, leur épopée à toutes les trois, et même à toutes les quatre avec Bob'. Pas la vraie histoire. *Des* histoires. Comment elles rencontraient des enfants abandonnés et les recueillaient chez elles. Comment elles sauvaient des femmes de leurs maris qui les battaient ou de leurs patrons qui les exploitaient. Comment elles portaient des sacs de riz pour nourrir les Somaliens. Ou alors comment chaque hiver, elles récupéraient les invendus dans les grandes surfaces et organisaient des distributions aux pauvres, avec en fin d'année un grand concert de chanteurs populaires au Zénith. « Les Empêchés », ça s'appelait.

Chapitre 21

Une désagréable révélation

Trois fois par an, papy et moi rendons visite à Gun-Gun aux Baumettes, à Marseille. Les Baumettes, c'est la pire prison de France, celle où sont passées les célébrités comme Bernard Tapie, Mémé Guérini, Tany Zampa, Francis le Belge, les mafieux les plus verreux de Marseille. Elle est vieille, sombre, vétuste, terriblement sale. On dit même que c'est le Moyen Âge, là-bas. Les rats (ils appellent ça des gaspards) font la taille d'un chat.

Autant dire que ce n'est pas la joie d'y aller.

Gun-Gun est arrivée au parloir, et comme chaque fois, je commence par la trouver terriblement vieille. Et puis elle se met à parler et tout s'arrange. Tout s'arrange, sauf son caractère. Elle râle toujours contre tout, la politique, la fonte des neiges, le salaire des joueurs de foot, bref elle est intimidante.

Mais cette fois, je m'entends lui demander :

– Tu me racontes, mamie ?

– Tiens, je t'intéresse ? Tout arrive. Alors tu vois, ici, les courgettes, ils ne savent pas ce que c'est. Peut-être même que si tu leur en montrais une, ils te diraient que c'est un concombre. Et encore, les plus cultivés, ah, ah. Pareil pour la salade. Qu'y a-t-il de meilleur qu'une belle frisée aux lardons, tu peux me le dire ? Je ne te parle même pas d'un bon gigot d'agneau à l'ail, ni de la politesse, des poèmes de Baudelaire, des culottes propres, des draps blancs, et j'en passe. La vie en prison, c'est pas une sinécure.

– Une quoi ?

– Une situation de tout repos.

– Ah OK, merci. Mais de toute façon, je ne te parlais pas de ça. Comment vous redonniez l'argent de vos butins aux pauvres, c'est ça que je voulais que tu me racontes.

Maman, je ne me suis jamais sentie de lui poser la question.

Elle marque un temps, avant de me répondre :

– Ma petite, l'important c'est d'aller toujours de l'avant, sans regarder en arrière.

– Je t'écoute, mamie. Raconte *vraiment.*

Elle serre ses lèvres. Je vois papy remuer sur sa chaise. Que se passe-t-il ? Finalement, elle inspire un grand coup.

– Bon, je vais te dire la vérité. Si c'est pas moi, qui le fera de toute façon ? Il faut bien que quelqu'un s'y colle.

S'y colle ?

– Tu es sûre ? fait papy d'un air inquiet.

– Oui, il est plus que temps.

Elle inspire encore un grand coup.

– C'est une légende. Ta mère, ta tante et moi… comment te dire, Bandiya ? Tu nous connais, on n'est pas des dépressives.

– …

– On est plutôt du genre à profiter de la vie, de la chance quand elle nous fait les yeux doux, hein ?

– Et… ?

– Eh bien en fait, on gardait tout pour nous. Et je peux te dire qu'on en a bien profité.

Je les regarde tous les deux, l'air gêné de papy, l'air fier de mamie. Je n'y crois pas. Je me lève, je frappe contre la porte pour demander à sortir. Je les entends me rappeler, je m'en fous. Je vais attendre papy devant la prison, mon casque sur les oreilles. Quand il arrive, je ne réponds pas à son sourire et je ne moufte pas de tout le retour.

Ce soir-là, je ne dîne pas, je reste dans ma chambre. Je les imagine chuchoter dans la cuisine.

– Tu fais quoi ? vient finalement me demander papa d'une voix inquiète, derrière la porte.

– Je prépare mon évasion.

– Zoé, tu n'es pas drôle.

– Ce n'est pas le but.

– Allez ouvre-moi.

– Non.

Au bout d'un très long moment, je commence à m'ennuyer. Je sors dans le couloir et je les trouve tous les deux là, assis par terre, qui m'attendent.

– Je vais prendre l'air, je dis sans les regarder.

Je descends la rue. Je veux et je ne veux pas aller sur la place. Je veux et je ne veux pas que Ben soit là.

Il y est.

– Tu vas bien ?

– Ça va, je réponds, en évitant son regard.

Une femme enceinte passe, le cou en avant, comme un dindon. Ben l'imite. Je devrais sans doute trouver ça drôle, mais non.

– Tu es fâchée ou quoi ?

– Je ne suis pas d'humeur, c'est tout.

– Pourquoi ?

– Je sors de prison.

– Tu quoi ?

De voir sa tête m'arrache un sourire.

– Les Baumettes, à Marseille. Tu connais ?

– Mais qu'est-ce que tu as fait ? !

– Moi rien. C'est ma grand-mère. Et ma mère. Et ma tante aussi.

Il met deux, trois secondes pour assimiler l'information.

– Si on allait s'asseoir ?

On se dirige vers le banc. La pleine lune illumine la place et parce qu'elle est là, qu'elle donne le sentiment de me protéger, je lui raconte tout. Je m'efforce de commencer par le début et de suivre le fil, de ne pas y mettre des sentiments que je n'ai pas. À un moment, une sirène de police couvre ma voix, mais Ben continue de hocher la tête.

– Si je comprends bien ce qui se passe, au fond, tu es vexée ? me demande-t-il à la fin.

Oui et non. Oui, parce que avec ma manie d'écouter aux portes, je pensais que rien ne m'échappait, et qu'en fait si. Et non, parce que jamais l'idée que mon père et papy aient pu me mentir ne m'avait effleurée.

Ben attend une réponse qui ne vient pas. Et au lieu d'insister, de son petit doigt, il touche mon petit doigt. Rien que ça, ça me fait de l'effet. Alors quand il approche ses lèvres des miennes, ça me plaît carrément.

En rentrant, j'appelle Sophia en Inde. On a pris un forfait juste pour moi, pour que je puisse l'appeler quand j'en ai envie.

– Je sais tout.

Elle peut me dire ce qu'elle veut, je suis d'attaque pour insister si elle nie.

– Quelle chance !

La ligne grésille.

– Mais tu sais, Zoé, notre univers, mobile et immobile, ne peut se contenter d'une seule connaissance.

C'est ça, c'est ça.

– Pas à moi.

– Pas à toi ?

J'entends les bruits de la rue, et par-dessus tout, le bruit d'une moto qui n'arrive pas à démarrer.

– Pourquoi tu m'as menti ?

– Moi ? fait Sophia d'une voix soudain mal assurée.

– Oui, toi, tu m'as menti.

– Mais…

– Tu l'as connue comment maman ?

– Euh…

J'attends. J'ai tout mon temps. La moto manque de démarrer, et puis non.

– En prison.

– Tu l'avais aidée à braquer ?

– Quelle importance, Bandiya ?

– …

– Ce qui compte, c'est ce que tu fais de cette expérience. À commencer par les gens que tu y rencontres. Ça crée des liens à vie, tu sais. Comme avec ta maman. On est amies pour toujours, et on n'a pas besoin de se voir pour le savoir.

– …

– J'étais là quand tu es née. Tu as été notre bonheur.

– Alors tu me devais encore plus la vérité. Gun-Gun, maman, Alice, leur butin, ce n'était pas pour les pauvres.

Il y a un long silence, pendant lequel le type à la moto pousse un juron. J'entends quelqu'un arriver, pour l'aider peut-être. Je reconnais des bruits d'outils.

– C'est vrai que j'ai un peu tout mélangé. Bob', c'était vraiment une sorte de Robin des bois. Enfin au début de sa carrière, du moins. Mais avec Gun-Gun, Alice et ta mère, disons que ça a un peu… dérapé.

– Dérapé ?

– Oui, tout cet argent a fini par leur monter à la tête. Elles ont flambé. La belle vie, quoi. Saint-Tropez, Monaco, Bali, le Brésil…

– Avec papa, papy, tout le monde ?

– Bien sûr !

– Mais pourquoi vous ne m'avez rien dit ? C'est ça que je ne comprends pas. Je ne les aurais pas jugées !

– Tu étais si petite, si pure quand tu es née. On avait peur de te salir. On se disait que tu aurais bien le temps d'apprendre la vérité. Et puis le temps a passé, tu as grandi. C'est devenu trop tard. Ne nous en veux pas.

La moto démarre, le type pousse un cri de victoire.

Je l'entends longtemps ce cri, même bien après avoir raccroché. J'imagine la moto à fond sur une route de campagne, le vent dans les cheveux du gars, qui chante à tue-tête, enfin libéré du poids de son problème. Sa moto fonctionne, c'est tout ce qui compte : a-van-cer.

Et me remettre à réfléchir sérieusement à mon casse de la chocolaterie. Je retourne voir où elle en est. Les travaux semblent avoir repris.

Chapitre 22

L'idée du siècle

On est samedi, je suis sur le quai de la gare, et je réalise que c'est la première fois que je vais à Orléans pour une autre raison que de voir ma mère. Je vais aider Céline et Agata à déménager. Après des années d'attente, elles ont obtenu un appartement en centre-ville, un deux-pièces dans un immeuble récent : l'eau chaude quand on ouvre le robinet, des radiateurs qui chauffent, des portes qui ferment, une salle de bains *et* une cuisine, un toit qui ne fuit pas.

Pendant tout le week-end, nous remplissons des cartons, nettoyons des placards, démontons une armoire. On parle d'amour, aussi. Enfin Agata parle d'amour. Du couple que formaient ses parents mariés à dix-huit ans et qui ne se sont jamais quittés plus d'une journée ; d'elle-même – leur propre fille pourtant – qui a fait tout le contraire, tombée amoureuse d'un mauvais garçon qu'elle se sentait assez forte pour faire changer. Et aujourd'hui amoureuse d'un caïd de Marseille. Elle parle de ça devant Céline ? Je n'en reviens pas.

– Et toi Zoé, toujours pas d'amoureux ?

– Un peu, si.

– Comment ça « un peu, si » ? Ça veut dire quoi ? Tu es amoureuse ou tu n'es pas amoureuse, faudrait savoir ?

– C'est à dire… comment on sait quand on l'est ?

– Je t'explique, ma pucelle, se met-elle à articuler comme si j'étais devenue une personne bizarre qui comprend avec un temps de retard. On a envie d'être avec lui, on a l'impression de l'avoir toujours connu. On sourit quand on pense à lui. On lui parle devant le miroir. On se cherche une coiffure en se demandant si ça peut lui plaire. On se dit que non. On en cherche une autre. On réessaye. On attend un signe de sa part, on s'inquiète, on se désespère.

C'est exactement ce que je ressens, ce que je fais, ce que j'attends depuis que nous nous sommes embrassés, Ben et moi. En clair je suis cuite, quoi.

– Bon allez mes gazelles, allez finir de trier la chambre de Céline.

Une fois là-haut, celle-ci tend sa main ouverte vers moi.

– Rends-le-moi.

– Quoi ?

– Mon ours.

Elle a l'œil, dis donc. À tel point que je comprends tout de suite que cela ne servira à rien de lutter. Je glisse la main au fond de la poche de mon jean.

– Tiens.

– Tu m'as volé d'autres trucs ?

– Non, jamais de la vie !

– Et ailleurs ?

– Oui, une fois.

– Quoi ?

– Un tee-shirt.

– Où ça ?

– Au H&M.

– Pas mal. Ce n'est pas évident là-bas.

– Et toi, tu as déjà volé ?

– Moi ? Mais évidemment ! Tu crois qu'on mange comment, ma mère et moi ? On n'a pas un radis.

– Comment ça ? Vous volez pour manger ?

– Oui. Un jour sur deux, à tour de rôle, c'est elle ou c'est moi. On ne choisit que les grandes surfaces, à qui ça ne fait pas de mal, et on en change régulièrement. Quelquefois, on prend le train et on change de ville. On met des chapeaux, des lunettes, des écharpes.

L'image de Gun-Gun, Alice et maman, cagoulées, me passe devant les yeux.

– Tu n'as jamais peur ?

Elle me sourit.

– C'est ça qui est trop bien.

Et là, une idée jaillit dans mon cerveau éberlué : prendre Céline comme complice. Après tout, les Daltone n'agissaient pas seules ! Elles étaient trois.

– Céline, assieds-toi, j'ai à te parler.

Et là, je dévoile tout. Le casse du siècle un jour, la chocolaterie d'abord, mon entraînement quotidien, mes performances (hier, j'ai couru une heure sans m'arrêter en écoutant *Eye of the Tiger*), la voix des coachs le soir dans mon casque. Tout en racontant, je fais les cent pas dans sa chambre, j'agite les mains pour lui montrer la taille de la porte du magasin, je compte sur mes doigts le nombre de pas jusqu'aux escaliers, je caresse mon ventre pour lui décrire l'odeur imaginaire du chocolat. Elle m'écoute en hochant la tête.

Et à la fin, elle dit :

– C'est nul.

– Nul ? !

– Beaucoup trop de risques pour un résultat qui ne sert à rien. Le chocolat, c'est bon, mais on s'en fout pas mal. Et puis ta boutique, je ne la sens pas. Elle n'ouvrira jamais.

– Oui enfin, tu n'en es pas sûre non plus.

– J'ai une meilleure idée.

Il nous faut attendre que sa mère s'en aille rejoindre son amoureux à Marseille, deux semaines plus tard, pour la mettre en pratique son idée. Mais c'est vrai qu'elle est géniale. Braquer une animalerie – et pas n'importe laquelle, celle de l'avenue du Général-de-Gaulle, en plein cœur d'Orléans – a le grand mérite de servir à quelque chose : libérer des animaux. Céline m'apprend que les chiots et chatons se vendant le mieux sont souvent sevrés beaucoup trop tôt, parfois contaminés par la gale, la teigne, et que les invendus sont la plupart du temps euthanasiés. Bref, un commerce bien bien moche.

Dès que sa mère n'est plus là, nous partons en repérage. La boutique semble dater d'une autre époque : les grandes lettres rouges « Oiseaux Poissons Chats Chiens » sur la devanture délavée, le carillon quand on passe la porte, la sciure sur le carrelage marron, la pancarte de travers annonçant les horaires d'ouverture, de 10 heures à 20 heures, le 20 barré et remplacé à la main par un 19, lui-même barré et remplacé par un 18, la patronne assise derrière la caisse en blouse grise assortie à son humeur.

Quand nous entrons dissimulées derrière nos lunettes de soleil, elle lève à peine un regard sur nous. Nous longeons les rangées d'aquariums, certains remplis de poissons qui se déplacent en nuées compactes, d'autres contenant des coraux artificiels, des fausses méduses, des répliques de bateaux de corsaires. Plus loin, les perchoirs d'oiseaux exotiques d'où provient parfois le cri aigu d'un perroquet. Et tout au fond du magasin les chiots et les chatons, une dizaine, le poil triste, qui se morfondent.

Par une lucarne, nous apercevons une arrière-cour pavée avec au fond un portail par lequel les animaux doivent être livrés. Nous nous regardons, Céline et moi. C'est par-là que nous allons entrer.

– Je peux vous aider ?

Nous nous retournons d'un bond vers la patronne, que nous n'avons pas entendue s'approcher. Quand elle est debout comme ça, on voit ses seins énormes et pendants sous sa méchante blouse.

– C'est pour acheter ou pour regarder ? Parce que si c'est juste pour regarder, il y a des zoos pour ça.

– C'est bon, merci.

Nous filons sans demander notre reste.

De retour chez Céline, nous trouvons parmi la pile de fringues à trier deux cagoules en laine. Nous les portons quand nous établissons notre plan, étape par étape, avec la rigueur que nous ne mettons pas toujours dans nos plans de dissert', trouvons notre code entre nous (Peau de lapin), choisissons une tenue (noire de la tête aux pieds).

Une semaine plus tard, Céline m'appelle. Je viens de quitter maman et suis dans le train pour Paris.

– C'est pour ce soir.

– Ce soir ? !

– Ne discute pas. Ma mère est partie plus tôt que prévu.

– OK.

J'appelle papa pour le prévenir que je dors chez Céline. Il commence à avoir l'habitude. Je descends à la station suivante et je reprends le train dans l'autre sens. À Saint-Pierre-des-Corps monte une fille de mon âge portant un canari dans une cage. Elle vient s'asseoir face à moi, un sourire mystérieux sur les lèvres. L'oiseau pépie nerveusement, mais elle, elle reste calme. J'interprète cela comme un bon signe.

Par contre, chez Céline, l'atmosphère est tendue. Nous avons seulement deux heures pour répéter notre scénario, nous exercer à ouvrir une porte avec une radiographie (glissée entre la porte et le bâti, elle permet de pousser le pêne à l'intérieur) grâce à un tuto en anglais sur Internet et savoir enfin si nous prenons ou pas la carabine. Elle veut, moi pas. Finalement, nous décidons que non, de peur d'effrayer les chiens.

Chapitre 23

Ma nuit chez les flics

– Il y a préjudice, mais pas vol.

Schouppe répète cette phrase pour la trentième fois depuis l'aube. Nous venons de passer la nuit en garde à vue, Céline et moi, comme la loi le permet pour les mineurs de plus de treize ans.

Cette nuit que je n'oublierai jamais.

Vers 17 heures, Céline et moi avons marché jusqu'à l'animalerie et attendu que la « vioque » (nous ne l'appelions plus que comme ça) retire sa blouse grise, ferme la porte derrière elle et se dirige vers le sud de la ville où s'élève son beau pavillon orné de colonnes de marbre à l'entrée. Céline était allée sur place pour constater à quel point, mine de rien, les affaires marchent pour elle. Elle en était revenue plus motivée par notre projet que jamais.

Nous sommes passées par la ruelle de derrière. Le portail de la cour s'est ouvert sans difficulté. Il suffisait de retirer la grosse chaîne enroulée autour de la serrure et qui n'était fermée par aucun cadenas. Là encore, c'est Céline qui avait repéré ça.

La porte du magasin n'a pas non plus résisté longtemps. Nous sommes entrées. Tout semblait irréel. Le ronronnement des tuyaux, la lumière des aquariums, l'odeur du foin et des oiseaux.

Comme on l'avait décidé, Céline a commencé par les cages du mur de gauche, moi celles du mur de droite. Si les chiens en sautaient aussitôt, les chats prenaient toujours plus de temps comme si le monde de dehors n'était peut-être pas plus agréable qu'ici. Mais du même air hagard sur leurs petites pattes tremblantes, ils finissaient par descendre et avancer en colonie vers la sortie.

Les poissons suivaient toutes les opérations de loin, des centaines de pupilles brillaient dans l'obscurité.

Tout se passait au mieux quand soudain un des poissons a lancé comme un éclair dans notre direction, un chat a miaulé, Céline a crié « merde ». La silhouette d'un homme est apparue au milieu de la boutique, armée d'une lampe de poche.

– Qu'est-ce que vous faites là ?

Je me suis dit quelque chose à ce moment-là, je me suis forcément dit quelque chose, mais je ne sais plus quoi.

Sa lampe toujours braquée sur nous, l'homme, plutôt jeune, très calme, a sorti son portable de sa veste en cuir.

– Maman ? Je crois que tu as de la visite. Appelle les flics.

Deux minutes plus tard, ils étaient là. On nous a confisqué nos téléphones et embarquées dans un fourgon. J'ai pensé à maman qui avait déjà vécu ce moment, exactement le même. Alors, au lieu de pleurer, j'ai été prise d'un violent fou-rire. Au début, Céline et les deux flics m'ont regardée, interloqués. Et soudain, Céline s'est mise à rire elle aussi. Alors je me suis mise à rire encore plus fort et elle aussi du coup. Les deux hommes essayaient de garder leur sérieux, mais on sentait qu'ils prenaient sur eux.

– Allez calmez-vous les filles, on arrive, ont-ils fait en nous tendant une bouteille d'eau.

Au commissariat, on nous a séparées, Céline et moi.

– Ton nom ? m'a demandé un homme barbu avec un tatouage sur le bras gauche (une ancre ? une baleine ?).

Là, je me suis souvenue de ce que m'avait dit Schouppe ; si on se retrouvait au poste un jour, il ne fallait dire qu'une chose :

– Je ne parlerai qu'en présence de mon avocat.

– Je vais te reposer ma question. Ton nom, petite ?

– Je ne parlerai qu'en présence de mon avocat.

– Ton adresse ?

– Je ne parlerai qu'en présence de mon avocat.

– Ton âge ?

– Je ne parlerai qu'en présence de mon avocat.

– OK donne-moi son nom.

Il me l'a fait répéter trois fois (Chousse ? Soupe ? Choutte ?), croyant sans doute que je plaisantais. Comme si je pouvais avoir la tête à ça.

Comme si je pouvais penser à autre chose qu'à ma vie foutue, au visage de maman quand elle apprendra ce que j'ai fait, que j'ai échoué, à papa qui va être encore plus perdu que d'habitude, à papy qui sera le seul à me prendre dans ses bras, à Schouppe qui va me renier comme filleule, me déshériter.

Quatre heures plus tard, en voyant arriver Schouppe sans un regard vers Céline et moi, le flic qui nous interroge – qui n'est pas un de ceux qui nous ont arrêtées à l'animalerie et nous ont conduites au commissariat, ni celui qui apporte régulièrement des chocolats chauds sans lait et sans chocolat – inspire un grand coup. Il doit avoir compris que la bagarre ne sera pas facile. Schouppe sait d'autant plus se montrer impressionnant qu'il l'est vraiment.

– Les gamines ont libéré dix chiens et douze chats qui se sont évanouis dans la nature et que la propriétaire de l'animalerie ne pourra plus jamais vendre. Elle veut porter plainte.

C'est tout ce qui compte pour elle, ne pas pouvoir les vendre ?

– Écoutez, rétorque aussitôt Schouppe. Je pense que la propriétaire aurait plutôt intérêt à faire profil bas. J'ai découvert que cette animalerie avait fait l'objet de plusieurs contrôles sanitaires. J'ai là en ma possession quelques procès verbaux et avertissements, menaces de fermeture, plaintes de particuliers et d'associations de défense des animaux, que le juge se fera un plaisir de découvrir. Elle a réussi à s'en sortir jusque-là, mais cela ne durera pas.

Ça a parlementé encore pas mal. Céline et moi sortons, rentrons, re-sortons, re-rentrons, sans qu'on comprenne pourquoi. Et finalement, nous apprenons par un flic (un dixième) que nous sommes libérées après l'abandon des charges par la propriétaire et un sévère avertissement des flics, auquel répondent nos têtes baissées.

Après ça, Schouppe raccompagne Céline chez elle, puis nous faisons tous les deux route vers Paris. Pendant le trajet, j'essaie de lui expliquer, de m'excuser, de pleurer, de m'énerver même, mais il n'y a rien à faire. Il se tait, le regard fixé sur la route. C'est comme si je ne disais rien, comme si je n'existais pas. Je donnerais cher pour qu'il m'engueule un bon coup.

En rentrant à la maison, je prends une douche. Et puis spontanément, les cheveux encore mouillés, je prends place à la table de la salle à manger où Schouppe, papa et papy me rejoignent en mode conseil de discipline, une scène que nous avons tous déjà vécue quelques semaines plus tôt.

– Il y a préjudice, mais pas vol.

Trente et unième fois.

Papa et papy font oui-oui de la tête. Le silence s'abat sur la table.

– Zoé, sais-tu ce qui est arrivé à Bob' ? me demande finalement Schouppe.

– Comment ça ?

– Est-ce que tu sais comment elle est morte ?

– Oui, elle s'est tuée au volant de sa Triumph. Son écharpe s'est prise dans une roue et l'a étranglée.

– C'est bien ce qu'il me semblait, tu ne sais pas. Va me chercher mon cartable dans l'entrée.

Je m'exécute. Sa sacoche pèse le poids d'un âne mort. Ma tristesse, mon malaise aussi pèsent un âne mort.

Schouppe ouvre sa sacoche, fouille parmi ses papiers en s'essuyant le front, en sort une photo noir et blanc qu'il me met sous le nez.

Ce que j'ai vu, je n'ai pas trop envie de m'en souvenir précisément. Je peux juste dire qu'il s'agit d'une femme allongée sur un trottoir, l'impact d'une balle trouant son chemisier blanc, un autre en plein front.

– Bob' a été abattue par les flics après une cavale de dix jours entre Nice, Argenteuil, Colmar, pour finir dans les bas-fonds de Saint-Ouen.

Ce que je ressens non plus, je n'ai pas envie de m'en souvenir.

Chapitre 24

Il y a quelqu'un ?

La semaine suivante est passée à toute vitesse. J'ai essayé de repenser à ce qui s'était passé, de me remémorer l'entrée dans l'animalerie, le fourgon, l'arrivée de Schouppe, j'ai essayé d'appeler Céline pour que nous échangions nos impressions sur l'avant, le pendant, l'après. J'ai tenté un nombre incalculable de fois tout ça, sans y arriver.

Ma mémoire fait-elle un blocage ? Je ne crois pas. J'ai plutôt l'impression qu'il n'y a rien à tirer de cette expérience pour l'instant. Du moins pas tant que je n'en aurai pas parlé à maman. Alors du coup, je ne cours pas, je ne fais pas de pompes, je vais encore moins de l'autre côté de la Butte, je travaille, j'écoute de la musique beaucoup, ne vois pas Ben du tout, ce n'est pas le moment.

À la prison le samedi suivant, tout est étrange. Peut-être parce qu'on est arrivés juste à temps, papa et moi, avant qu'ils ne referment la grosse porte, et que pour une fois nous n'avons pas eu à attendre. Peut-être parce que ce n'est pas Jacasse qui est là, mais un nouveau aux cheveux roux. Peut-être parce que la machine à café marche sans qu'on ait à la secouer. Peut-être parce que papa est présent pour une fois. Peut-être parce que Michèle, cette gardienne d'habitude si ronchon, nous sourit avant de nous mener au parloir. Assise derrière la table, maman me semble fragile, un peu voûtée. Mais ce n'est pas ça le pire. Le pire, c'est qu'en me voyant elle ne se lève pas.

– Je t'écoute Zoé. Qu'est-ce qui t'a pris ?

Je suis là debout devant elle, papa en retrait nous écoute.

– Je voulais réparer.

– Réparer quoi ?

– Je t'ai fait honte.

– Comment ça « honte » ?

– Oui, honte. Quand je t'ai raconté que je n'avais pas eu le courage de voler le sucre. « Même pas capable de prendre un sucre oublié et gratuit », tu as dit.

Je tente d'en rester là, mais ma voix continue d'elle-même.

– Tu as même ajouté : « C'est pour ça qu'on s'est battues, ton arrière-grand-mère, ta grand-mère, ta tante et moi ? »

– Mais enfin, Bandiya, je plaisantais !

– Non, tu ne plaisantais, maman. Je l'ai vu à ton regard.

Il y a un long silence, un silence raide. Elle ne détache pas les yeux du carrelage. Quand elle relève la tête, ce n'est pas moi qu'elle regarde, c'est papa qui s'est approché. Finalement, elle cligne des yeux, sa gorge fait un petit bruit.

– Zoé, ton prénom, en grec, il veut dire « vie ». C'est pour ça qu'on l'a choisi, papa et moi. Enfin, c'est surtout moi qui l'ai choisi, pour être honnête, c'était ce prénom et pas un autre et papa a eu la gentillesse de l'accepter. Comme il a accepté beaucoup d'autres choses…

Elle lui adresse un sourire triste, avant de reprendre.

– Je voulais que tu aies une belle vie. Je *veux* que tu aies une belle vie. Une vie claire, une vie libre, une vie où les gens viennent vers toi, qui permet de faire des projets, des erreurs, où on prend le temps. Je veux que tu vives autrement que moi, autrement que dans la peur. Alors non, tu ne m'as pas déçue, Zoé. C'est juste que je n'en reviens pas d'avoir pondu une enfant comme toi. Une fille si différente de moi. Ma Zoé chérie…

Pendant qu'elle parle, je suis des yeux la gardienne faire les cent pas derrière les boxes. Je ne peux pas la regarder elle, ma mère, qui pleure.

La visite va se terminer et nous allons être obligées de nous séparer, et tous les mots que je peux trouver pour m'expliquer, m'excuser, sont inutiles car elle n'a pas le temps d'y répondre et il vaut donc mieux me taire et hocher la tête à m'en faire mal au cou.

À la sortie, sous l'arbre, papa me prend dans ses bras pour me consoler. D'après lui, tout va rentrer dans l'ordre. Son calme et son assurance si inhabituels m'étonnent.

Je ne suis pas au bout de mes surprises.

Le surlendemain, en rentrant de cours, je trouve Schouppe assis à la table du salon, un gros dossier ouvert devant lui. Que se passe-t-il ? Que fait-il là ? Ils vont encore me parler de mon affaire ? Mon manteau toujours sur le dos, mon sac de cours à la main, je ne bouge pas.

– Voilà notre princesse, dit papa. On t'attendait.

Je les regarde : papa, Schouppe, papy, et René qui est là aussi. Pourquoi ?

– On a quelque chose à te dire.

Schouppe tend son verre à papy.

– Dis-moi, Pablo, tu ne me resservirais pas un petit coup ?

C'est là que je vois la bouteille sur la table et deux autres vides par terre, près de la poubelle.

– Vous êtes saouls ?

– Jamais de la vie ! proteste papa. On est juste très bien.

– Euh, vous allez me dire ce qu'il se passe là ?

– Je crois qu'il est temps en effet, ma Zoé, fait Schouppe. Qui lui dit ?

– Toi, fait papy qui s'est tu jusque-là.

Il est blanc comme un linge.

Schouppe sort un mouchoir de sa poche et s'essuie le crâne. Il inspire.

– On ne t'en a pas parlé car cela avait peu de chances d'aboutir. Mais il se trouve que ça a abouti. Et voilà.

– Et voilà quoi ? je demande, sans rien comprendre.

Je me tourne vers papa.

– Le juge a accepté une remise de peine pour Gun-Gun. C'est une vieillle dame, elle est fatiguée.

– Ça veut dire qu'elle va être libérée ?

Désincarcérée, désenchaînée, délivrée, relaxée, relâchée ?

– Oui ! font-ils en même temps.

– Ça veut dire qu'elle va sortir de prison ?

– C'est un peu l'idée, oui.

Je suis sans doute bouche bée car Schouppe laisse tomber sa mâchoire et ouvre la bouche tellement grande que je comprends qu'il m'imite.

– Et ce n'est pas tout. Ta mère sort dans deux mois. Elle s'est bien conduite pendant toutes ces années, elle a donné la preuve qu'elle avait changé.

Et ils m'annoncent ça comme ça ! Là, quand même, je suis obligée de m'asseoir. C'est la meilleure, celle-là. La nouvelle de l'année.

Un peu plus tard, de retour dans ma chambre, j'écris dans mon carnet.

J'ai peur.

J'ai peur que maman et moi, on se regarde bizarrement. On ne se connaît pas à l'extérieur. Je ne l'ai jamais vue faisant des choses de tous les jours, se coiffant, faisant la cuisine, se réveillant le matin.

J'ai peur qu'elle ne sache plus le faire.

J'ai peur qu'au bout d'une heure, on n'ait plus rien à se dire.

J'ai peur qu'on ne s'entende pas.

J'ai peur de la voir avec papa.

*J'ai peur qu'*ils *ne s'entendent pas.*

J'ai peur qu'elle veuille se mêler de ce qui ne la regarde pas et j'ai peur d'avoir envie de tout partager avec elle, d'arrêter de grandir, de redevenir une petite fille.

Cela me fait du bien d'écrire tout ça. Enfin *un peu* de bien. J'ai beau faire, ces mots de « liberté », de « retrouvailles » restent bloqués à l'entrée de mes oreilles comme si je n'en saisissais plus le sens.

J'ai besoin de parler à une personne extérieure à toute cette histoire. Extérieure, mais pas indifférente.

J'enfile mon blouson. Ben est sur la place. En m'apercevant de loin, il me fait signe de ne pas faire de bruit. J'en suis d'abord agacée, mais en effet quelque chose dans le tronc bouge et rien alors ne me semble plus important. On guette, main dans la main, et je peux lui murmurer la nouvelle de la sortie de Gun-Gun dans quelques jours, celle à venir de ma mère, et toutes mes peurs. Il me conseille, lui aussi à voix très basse, de prendre les questions une à une. Lui par exemple, en « un » ses parents ont divorcé, en « deux » son père a rencontré une femme que lui n'aime pas et qui le lui rend bien, en « trois » un bébé est né, un bébé qu'il est obligé d'appeler « ma petite sœur » et qui a des croûtes dégoûtantes sur le sommet du crâne.

En clair, c'est d'abord au retour de Gun-Gun que je dois penser.

Chapitre 25

Le goût du saucisson

Je crois qu'on est tous en train de devenir un peu fous. Nous passons du rire à l'inquiétude, de la réflexion silencieuse à l'agitation débordante.

En attendant le retour de Gun-Gun à la maison, nous repeignons sa chambre en bleu du ciel.

Nous réparons la chasse d'eau.

Nous replantons des fleurs sur le balcon.

Nous changeons toutes nos casseroles.

Nous rajoutons son nom sur la porte et la boîte aux lettres.

Nous choisissons un nouveau tapis de bain, le plus doux possible sous les pieds nus.

Nous prévenons les voisins de son retour.

Nous achetons des pantoufles à sa taille (42).

Et nous trions le contenu des placards. Nous mettons le « à jeter » avec le « à jeter », le « cassé pas réparable » avec le « cassé pas réparable », le « cassé réparable » avec le « cassé réparable », les « trucs qu'on a gardés on ne sait pas pourquoi » avec les « trucs qu'on avait gardés on ne sait pas pourquoi ». C'est comme ça que papy retrouve le *Guide des meilleurs bars à vin dans le Poitou (et les environs)*. Et que papa retrouve les clés de sa voiture qu'il a depuis revendue, sa carte d'identité qu'il a refaite (trois fois), sa salopette de ski dans laquelle il ne rentre plus, mais moi oui. Sa canne à pêche. Et là je marque une pause pour me souvenir de la première fois où j'ai attrapé une truite, *moi*. Et pas une petite ! Elle devait bien faire trente centimètres. J'étais tellement fière. Et tellement excitée que le poisson m'avait glissé des mains pour repartir dans l'eau. Mais encouragée par papa, je m'y étais remise, et à la fin de la journée, j'avais presque rempli ma musette.

Nous faisons les courses. Papy a demandé à Gun-Gun ce qu'elle rêverait de manger en rentrant. Elle lui a répondu de se débrouiller. Après moult discussions, on a fini par décider de justement ne pas décider. Nous avons rempli le frigo ras la gueule, on verra bien.

Le soir, Schouppe passe pour voir si tout va bien. C'est lui qui est allé lui annoncer la nouvelle de sa libération. Enfin, « annoncé ». Elle a compris dès son entrée dans le parloir des avocats. Dans le doute, il paraît qu'elle lui a montré des menottes imaginaires. Il a fait « oui » avec la tête et « sept » avec les doigts. Sept jours. Et là, elle lui est tombée dans les bras en le remerciant. Ces moments-là, a dit Schouppe, justifiaient les heures, les semaines, les mois, les années à plancher sur des dossiers tordus, à chercher la petite phrase, le geste qui rendrait au coupable son humanité. Sa seconde chance.

Il est 18 heures quand on sonne. Papa, papy et moi sommes en train de donner un dernier coup aux vitres du salon. Nous nous immobilisons, avant d'aller ouvrir, papy le premier, le cœur battant. Gun-Gun apparaît sur le pas de la porte, oncle René derrière elle. C'est lui qui est allé la chercher à Marseille, pendant que papa, papy et moi nous l'attendions à la maison. Elle a tenu à ce que ça se passe comme ça, et même si personne ne comprend pourquoi, aucun d'entre nous n'aurait pensé à la contredire. Même papy, dont elle est pourtant la femme. Elle doit avoir peur d'une émotion trop forte de sa part.

Elle me paraît plus petite qu'aux Baumettes. Plus jeune aussi. Plus douce.

– Entre ma chérie, l'invite papy d'une voix étranglée.

Elle avance, prudente. Elle ne connaît bien sûr pas l'appartement. Papa et papy ont emménagé là après l'arrestation. Elle fait le tour des pièces, lentement, sans rien dire, posant parfois sa main sur un meuble, caressant un tissu. Dans la cuisine, elle allume les plaques électriques et pianote sur le plan de travail. Elle éteint et repasse dans le salon.

– Vous êtes bien logés ici, remarque-t-elle finalement comme si elle était en visite et allait rentrer chez elle.

– Oui, on est très contents de l'endroit, répond papy après un long temps.

– Les murs sont solides.

– Le toit est haut.

– Les voisins sont gentils.

Elle regarde la vue avant de se mettre à ouvrir et refermer frénétiquement la fenêtre, comme ça, dix fois, vingt fois. Papa et papy l'observent, leurs yeux étincellent. Elle sort la tête, la rentre, la sort. Quand ce jeu lui suffit, qu'elle n'a plus rien à en tirer, elle s'approche de la bibliothèque, avant de s'immobiliser face à une photo d'elle jeune à cheval, une photo que j'ai toujours connue et ne regarde jamais. Ce n'est qu'à cet instant que je vois combien à cette époque elle se tient droite, le menton levé, mais surtout combien son regard est sombre, presque éteint. Elle la prend, l'approche de ses yeux comme si elle était malvoyante, la recule, la rapproche. Tout le monde attend sans savoir quoi, et au bout d'un moment, c'est comme si ça avait fait tilt dans sa tête. Elle repose la photo, retire son manteau, file dans la cuisine, ouvre le frigo, saisit deux tomates, sort un grand couteau, teste sa lame sur son pouce, fait chauffer de l'eau, coupe un saucisson. Au début, sa main est maladroite, et puis les tranches deviennent de plus en plus fines et jolies. Parfois, elle en prend une, la respire les yeux fermés, la repose sur la planche sans la goûter.

– Je crois que ça va aller maintenant, ça devrait nous suffire, lui fait remarquer papy quand elle attaque un deuxième saucisson.

– Ah oui pardon.

Elle choisit un plat dans le placard et commence à disposer les tranches dessus. On se tient là à la regarder. Quelque chose se déroule devant nous, soit qu'on n'espérait plus, soit qu'on n'a, comme moi, jamais vu et dont on imagine à peine l'existence. J'en ai les larmes aux yeux. J'éteins l'eau qui bout maintenant, et qui bout pour rien.

– C'est très bien comme ça, fait papa en saisissant le plat décoré de fleurs en saucisson.

On passe à table. Elle mange dans un silence quasi religieux, en analysant chaque bouchée.

– Alors Zoé, j'ai appris ce que tu avais fait, articule-t-elle au bout d'un moment, les yeux fermés, toujours concentrée sur les saveurs dans sa bouche.

Je me raidis.

– C'est vraiment ça que tu veux faire dans la vie ? Des casses ?

– Tu crois que c'est le moment de parler de ça, ma chérie ? tente de l'interrompre papy.

– Je veux seulement savoir si c'est bien un choix de sa part, si elle n'est pas sous l'influence de quelqu'un.

« Oui, j'ai choisi », c'est ça qu'elle veut m'entendre lui dire. Mais j'en suis incapable. Tout ça, je l'ai fait pour ma mère.

– Tu ne veux pas répondre, Zoé, c'est très bien. Mais sache que si tu veux mener cette vie là il ne faut pas te faire attraper. C'est le seul conseil que je puisse te donner.

Je t'avertis aussi que tu auras une vie différente des autres. Même les hommes dont tu tomberas amoureuse seront différents des autres. Ce ne seront pas des bourgeois, des ennuyeux, des confortables. Ce seront des gangsters eux aussi.

Elle appuie sur le mot « gangster ». Ça se voit qu'elle aime le prononcer. Mais aime-t-elle la vie qui va avec ?

Chapitre 26

Promesse tenue

Au cours de cette période plus que confuse, Ben et moi nous retrouvons tous les jours sur la place. Jamais plus loin, jamais chez lui, jamais chez moi. Du moins pas encore. On préfère se parler, s'embrasser, parfois faire les deux en même temps (oui, c'est possible). Je n'en reviens pas de cette facilité. Agata avait raison, j'ai l'impression de l'avoir toujours connu.

Je pars justement le retrouver, quand je vois Jacquotte (on est tous tombés d'accord sans avoir à se le dire : Gun-Gun n'existe plus, elle doit reprendre son vrai nom) devant la porte, un sac de voyage à la main, son manteau sur le dos.

– Où vas-tu, mamie ?

– *On*. Où va-t-*on* ?

– Comment ça, où va-t-*on* ?

Ce n'est pas la première fois, loin de là, que je ne comprends pas quand elle me parle. Depuis son retour, ça part parfois dans tous les sens. Elle veut tout toucher, tout comprendre, tout essayer. Cela donne parfois des choses chouettes comme quand elle veut dans la même journée aller à la foire du Trône, manger des escargots à l'ail, monter dans la grande roue, sentir les roses du jardin de Bagatelle, essayer un sweat à tête de mort dans le dos, assister à l'enregistrement des « Grosses Têtes ». Et des choses moins chouettes comme quand elle veut recontacter ses amis d'avant et que tous sont morts ou presque parce que terriblement vieux, enfermés dans un asile, partis vivre à l'autre bout de la planète, ou toujours en prison. Ou quand papy lui offre un portable dernier modèle pensant lui faire plaisir, et qu'elle s'énerve parce que la batterie ne se retire pas.

– C'est moral ça ? De pouvoir vous pister comme ça ? C'est quoi ce flicage ? Dans quel monde vit-on ? Tu peux me dire ?

– Mais pourquoi tu réagis comme ça, Jacquotte ? Tu n'as rien à craindre.

– Non je n'ai rien à craindre, c'est sûr ça, mon chameau. Je suis rangée des voitures. Mais je te parle de liberté, là. La vraie. La liberté à laquelle tout le monde a droit.

– Ne t'énerve pas, ne t'énerve pas.

– Si je m'énerve. J'ai bien le droit maintenant de dire ce que je pense, de râler, de manger, de boire, de danser, de bai…

– Mais Jacquotte ! Qu'est-ce que tu racontes ? Je suis choqué !

Et là, elle éclate de rire.

On parle beaucoup, toutes les deux. Elle vient me chercher au lycée, et on va boire un thé ou on marche dans la rue, le regard tourné vers le haut des immeubles. Elle aussi c'est une « adepte du ciel ». Les motifs des nuages, les changements de lumière, les traces des avions… Une fois, sans l'avoir cherché, nous nous sommes retrouvées de l'autre côté de la Butte devant la chocolaterie, devenue un Lavomatic. J'en ai souri intérieurement. Je le dirai un jour à Céline, dont je n'ai plus de nouvelles et à qui je n'en donne pas non plus. Ou peut-être que je ne lui dirai pas, que nos chemins se séparent définitivement aujourd'hui. Je lui souhaite d'être heureuse, de faire un jour la paix avec son père, d'avoir la preuve que les gens changent.

Mamie me raconte sa vie d'avant, comment elles ont commencé doucement toutes les trois, en se faisant la main sur de petits braquages minables. Les entrepôts de Renault, les jours de paye, ou les bals des bords de Marne, le samedi soir. Elles faisaient sauter le compteur électrique, et dans la panique générale, elles piquaient la caisse. Comment elles faisaient leurs repérages, comment tout le temps de l'action, elle-même se forçait à ne pas penser à la suite. Les palaces de la Côte d'Azur, les casinos de Palm Beach, mais surtout l'Auvergne où elle se sentait heureuse avec ses filles, ses deux grandes gigues et leurs maris, à admirer la lumière, à ramasser des plantes, à marcher sur des chemins à peine marqués.

Elle m'a raconté aussi sa première nuit en cabane, au trou, à l'ombre, avec une très jeune fille aux dents cassées qui lui filait la trouille, mais qui est devenue sa meilleure amie et qui l'est encore aujourd'hui.

Ce dernier casse, elle ne l'avait pas senti.

– L'instinct n'était plus là, ma bichette. Mais il fallait lutter contre ce genre d'intuition. Il fallait réessayer, y croire. On était trois, je n'avais pas le choix. Quand la sirène a retenti, je n'ai pas été étonnée. Tu veux que je te dise ? Je l'attendais, même.

On parle beaucoup et pourtant quelque chose dans ma tête se bloque. Ce sont des histoires qu'elle me raconte, pas la vérité vraie. Cette période m'est trop étrangère. Ce qui m'intéresse maintenant, c'est le présent et encore plus l'avenir. Maman va sortir.

– Bandiya tu m'écoutes ?

– Oui pardon. Alors, on va où, mamie ?

– À Anvers.

– À Anvers ?

– Oui Anvers ! Ne me dis pas que tu ne sais pas où c'est. Je te parle d'Anvers depuis que tu es toute petite. J'avais promis de t'emmener un jour voir là où tout a commencé. Tu ne te souvenais pas que je te l'avais dit ?

Si. Enfin non. Peut-être. Je ne sais plus.

– On part pendant deux jours, rien que toi et moi.

– Maintenant ?

– Maintenant.

– Et maman ? Elle rentre lundi.

– Ne t'inquiète pas, on sera là à temps pour son retour. Dépêche-toi, le car part dans une heure.

Je fais mon sac en deux secondes. Porte d'Orléans, nous montons dans un grand car blanc, direction la Belgique. Sur le trajet, mamie regarde la nature par la fenêtre, ou elle remonte le couloir, prend place à côté d'un jeune, d'un vieux, d'un homme, d'une femme, et entame la conversation. Du fond du car, je vois les regards s'interroger d'abord, puis très vite les langues se délient.

Pendant ce temps, je pense à maman qui doit compter les heures qui la séparent de sa sortie, s'inquiéter pour la suite. Elle a passé plus d'un tiers de sa vie en prison. À la frontière belge, je me rappelle subitement avoir été malade, petite, et avoir eu très envie de quelque chose sans savoir quoi. Papa était assis sur le bord de mon lit.

– Papa, je veux…

– Je sais.

– Tu sais ce que je veux ?

– Oui. Tu veux la pluie et le soleil, la mer et la montagne, le chaud et le froid, le salé et le sucré. Tu veux tout.

– Et je peux l'avoir ?

– Oui.

– Quand ?

– Quand tu seras guérie.

– Je suis déjà guérie.

– Pas encore complètement.

Il s'était levé.

– Papa ?

– Oui.

– Mon papa et ma maman ensemble à la maison, je peux l'avoir aussi ?

– Un jour, je te promets.

Il avait refermé la porte tout doucement.

Il l'avait tenue, sa promesse.

Chapitre 27

C'est fini, tout peut commencer

Anvers n'est pas une très grande ville et ce n'est pas dommage. Avant de nous arrêter devant l'immeuble dans lequel Bob' est née, nous parcourons des kilomètres et des kilomètres de rues tristes et pluvieuses. Pour nous orienter, nous n'avons pas de plan, mamie préfère se fier à son instinct.

– Tu peux me le dire qu'on est perdues, tu sais, je lui fais remarquer après être passées pour la troisième fois devant le même immeuble.

– Mais enfin, pas du tout ! Je vois très bien où on est.

– C'est par où alors ?

– À droite.

– Mais enfin, on est déjà passées là.

– Je sais, mais on n'est pas allées jusqu'au bout.

– Mais si, on a même tourné à droite, au bout. Et à gauche, aussi.

– Absolument pas, qu'est-ce que tu racontes ?

Finalement, elle s'arrête à la rue suivante.

– Voilà c'est ici.

Je ne sais pas à quoi je m'attendais, mais sûrement pas à cette maison sale et délabrée, aux rideaux déchirés. Les photos montraient toujours Bob' si chic et bien habillée.

– Détrompe-toi, ma belle. Son père était ouvrier, sa mère femme de ménage. Dès qu'elle a pu vivre sa vie, elle l'a fait. À seize ans, elle était mariée, à vingt, elle était divorcée et déjà deux fois maman. Mais elle n'était pas faite pour l'être. Et l'époque n'était pas faite non plus pour les mamans qui travaillent. Elle était secrétaire dans un journal de faits divers, avant de se lancer dans le diamant. Avec mon frère Alexis, que tu n'as pas connu, nous avons été placés à six et sept ans dans une famille d'accueil à Fouras, près de La Rochelle. Des gens horribles, sans autre ambition que d'emmerder la terre entière. C'est là que j'ai compris que la vie était un combat. Je l'ai senti très tôt ça, et pour moi, c'est rapidement devenu une obsession de prouver à ma mère que j'étais à la hauteur, capable d'affronter les difficultés, et qu'elle soit fière de moi. Je crois que tu peux comprendre ça.

Oh que oui !

– Qu'elle pouvait me reprendre avec elle. Pour y arriver, je me lançais des défis. Je me disais : « Si je cours le cent mètres en moins de dix secondes, nous vivrons ensemble. Si je sais ma récitation par cœur, nous vivrons ensemble. Si je me tiens bien en classe, nous vivrons ensemble. Si je suis aimée par tout le monde, nous vivrons ensemble. » Pour mieux savoir comment lui plaire, je suivais ses aventures dans les journaux. Je découpais les articles qui parlaient d'elle, même en mal, même pour dire que ce n'était pas vrai qu'elle jetait les diamants dans la Seine. Lorsque, finalement, nous nous sommes retrouvées Bob' et moi, j'avais seize ans et je croyais encore que cela allait se passer comme ça, qu'elle allait me reprendre.

Mais tu devines que ça n'a pas été le cas. Nous ne nous connaissions pas, nos rapports ont été difficiles. Mais j'aimais bien ses chiens…

Elle s'interrompt pour réfléchir.

– C'est bête, je ne me rappelle plus leur nom. Je suis fatiguée. Ma mémoire est abîmée. C'est pour ça que c'est un cadeau que tu me fais, de m'écouter comme ça. Mais bon, allez, on n'est pas là pour se plaindre, on continue ? Je t'emmène voir la maison où j'ai grandi.

Elle est essoufflée, un peu blanche. Sa mâchoire tremble légèrement.

– Mais avant, il faut que je mange un truc là, articule-t-elle.

Il est plus de 14 heures et nous n'avons toujours pas déjeuné. Je passe la porte d'un kebab juste en face. Je repère une table seule au fond. Des tubes fluorescents bourdonnent comme des mouches au-dessus de nos têtes. Je vais chercher un plateau, elle regarde son kebab-frites comme si je l'avais juste posé là pour faire joli. Mais elle doit trouver ça beau car elle commence à manger. Et même, elle en commande un deuxième.

– Et après, ça s’est arrangé entre Bob’ et toi ? je demande, quand elle reprend quelques couleurs.

– Non, jamais. Je ne l’intéressais pas, ma vie était trop banale. J’ai arrêté d’insister. À cette époque, et particulièrement dans la famille qui m’avait élevée, on acceptait l’idée que les choses étaient inscrites quelque part. On ne se posait pas la question du bonheur, de l’amour. Et finalement, même si j’avais longtemps lutté contre cette idée, je leur donnais raison. Ma mère ne m’aimait pas, c’était comme ça. C’est à ce moment-là que j’ai rencontré ton grand-père, et très vite après, ta maman et Alice sont nées. J’aurais dû passer à autre chose, mais mon désir d’être reconnue par ma mère me rattrapait sans cesse. Alors j’ai commencé à marcher dans ses traces, à faire des petits cambriolages. Un jour, j’en ai fait un plus juteux que les autres.

Une bijouterie à Pigalle, papy me l’avait raconté. Elle visait juste une bague apportée en réparation par une riche rombière, et le gars avait eu tellement peur en la voyant débarquer, son flingue à la main, qu'il lui avait filé le contenu de son coffre.

– Et là, Bob', en apprenant la nouvelle, m'a enfin parlé. On a commencé à travailler ensemble. Elle m'a enseigné les bases, j'apprenais vite. Je n'étais pas heureuse, cette vie ne m'allait pas vraiment, mais on n'échappait pas à son destin, je ne pensais pas plus loin. Et j'ai transmis cette façon de penser et tout ce qui va avec à ta mère et Alice. Je les ai élevées pour en faire de futures voleuses.

– Comment ?

– Comment ? En leur apprenant à courir vite, par exemple. Tous les dimanches matin, je les entraînais au stade Charlety, à côté de chez nous. Je leur apprenais à maîtriser leurs nerfs aussi, en attrapant une souris, en se retenant le plus longtemps possible de faire pipi, des trucs mignons comme ça. Mais surtout, je leur ai enseigné une chose : tenir la tête droite quoi qu'il leur arrive.

Elle se tourne vers moi, me relève le menton.

– Comme ça. Comme tu le fais si bien, toi.

Je détourne les yeux. Je ne sais pas quoi faire de ce compliment.

– Mais je ne leur ai pas appris une chose encore plus capitale : savoir rester libre dans sa tête. Ne pas se mentir quand une situation ne vous convient pas.

Ces mots résonnent fort en moi. Tout ce que j'ai fait, c'était pour ma mère, pas pour moi.

Je la vois s'arrêter un peu plus loin devant une église, la cathédrale d'Anvers.

– Bob' est morte exactement ici.

Elle me désigne un point sur le trottoir, en bas des marches. Je revois la photo du journal, la tache de sang. Quand je relève la tête, elle est déjà au bout de la place.

– Tu sais ce qu'on disait chez nous ? On ne connaît vraiment une personne qu'après avoir fait de la taule avec elle. Eh bien moi, je dis : on ne se connaît vraiment soi-même qu'après avoir fait de la taule, tout court.

Son visage est grave.

– Je peux te poser une question, mamie ?

– Vas-y. Mais courte, la question. J'ai encore des choses à te montrer : mon école, là où j'ai rencontré ton grand-père, là où ta mère est née.

– Tu le referais ?

– Est-ce que je le referais ? Non, évidemment que non. On voulait garder la tête haute, nous les Daltone, mais je peux te dire que c'était dur. On n'est pas chez Zola, mais la peur au ventre en permanence, ça ronge, crois-moi.

Elle me désigne un square, une fenêtre, sans forcément me dire pourquoi. On ne s'arrête pas.

– J'ai imposé ça à mes filles, à mon mari, je ne suis pas fière.

Nous continuons notre déambulation sans but particulier, dans ces rues si calmes qui, je la crois sur parole, n'invitaient pas à des enfances joyeuses et turbulentes.

Le lendemain matin, à 5 heures, porte d'Orléans, je passe du car Bruxelles-Paris à la voiture de papa qui m'attend. On roule dans ce qui reste de la nuit. Arrivés devant la prison, nous restons dans la voiture comme deux policiers en maraude. Et puis, le jour se lève et la porte s'ouvre. Doucement, lentement. Et maman apparait, grande, si grande, mince, si mince, et nous sommes toujours là, deux idiots, incapables de bouger, le cul collé à nos sièges, le souffle court. Elle s'approche de la voiture, mimant la surprise. Elle écarte les bras en riant et là, on sort.

Achevé d'imprimer en mai 2018
par LEGO SPA en Italie
Dépôt légal : juin 2018
N° d'édition : J18123